おれたち戦国ロボサッカー部！

奈雅月ありす
曽根愛・絵

ポプラ社

おれたち戦国
ロボサッカー部！

もくじ

プロローグ

鳴かぬなら　殺《ころ》してしまえ　ほととぎす
鳴かぬなら　鳴くまで待とう　ほととぎす

この句《く》は、ふたりの戦国武将《せんごくぶしょう》の性格《せいかく》を、じつにうまくいいあらわしている。

「殺してしまえ」は尾張《おわり》の織田信長《おだのぶなが》。

「鳴くまで待とう」は三河《みかわ》の徳川家康《とくがわいえやす》。

織田信長といえば、キッパリ竹をわったような気性《きしょう》。桶狭間《おけはざま》の戦いで奇襲攻撃《きしゅうこうげき》をかけ、今川義元《いまがわよしもと》を破《やぶ》り、うつけ（おろか者）ではないことを証明《しょうめい》した。西洋のものをどんどんとり入れ、長篠《ながしの》の戦いでは、鉄砲《てっぽう》三千ちょうを思いもつかぬ方法で用い、天才といわれるようになった。

徳川家康《とくがわいえやす》といえば、ねちねちタヌキ親父《おやじ》。幼《おさな》くして今川義元《いまがわよしもと》の人質《ひとじち》となったが、桶《おけ》狭間《はざま》の戦いで今川がうたれ、織田方《おだがた》についた。江戸幕府《えどばくふ》を開くときのやり口は、まさにタヌキ。仏《ほとけ》のような顔をして、平気で他人をおとしいれる、いやなやつだ。

徳川三傑《さんけつ》といわれる武将《ぶしょう》に、本多忠勝《ほんだただかつ》、榊原康政《さかきばらやすまさ》、井伊直政《いいなおまさ》がいる。信長《のぶなが》は尾張《おわり》のほこりだ。いさぎよさ、頭のよさ。どこをとってもカッコよく、歴史《れきし》上《じょう》、これだけの人物はほかにはいない。おれにとっては神様だ。ああ、尾張に生まれてよかった。

なのにまさかこんな日がこようとは……。

1　都落《みやこお》ち

お・け・は・ざ・ま？

まさか、ほんとにあの「桶狭間《おけはざま》」か⁉

おれは目の前をさっとよぎった看板《かんばん》をよく見ようと、首をひねった。

車は国道一号線をゆっくり南東に下っている。看板はすでにうしろに飛び去り、確《かく》認《にん》はできない。そりゃあ、ここは尾張《おわり》の国なわけだし、旧東海道《きゅうとうかいどう》を走っているのだから、桶狭間がそこにあってもなんのふしぎもないのだが。

前ぶれもなく、ありふれた交差点にその名を見たとたん、桶狭間の戦いが、リアルなものとしてせまってきた。

と、今度はさらにひと回り大きな看板が目に飛びこんできた。

〝桶狭間古戦場《こせんじょう》〟

それらしいこんもりとした竹林が右手奥《おく》に見える。

こんなときでなければ、ここをす通りするなんて、絶対《ぜったい》ありえないのに！

信長《のぶなが》にたいして申《もう》しわけないような、うしろめたいような、やりきれない気持ちを胸《むね》の内にくすぶらせながら、古戦場《こせんじょう》の方角を、ただただ車の窓《まど》から見送るしかないのだった。

おれの名はノブナガ――恩田伸永《おんだのぶなが》だ。イケメンで眼光鋭《がんこうするど》く、ツンツンと毛を立たせた顔つきは、まさに「現代《げんだい》の信長《のぶなが》」とよばれるにふさわしいと思っている。なぜもうひと声、「信長」とつけてくれなかったのかといいたいところだが、これにはわけがある。

じーさんはおれと同じく熱烈《ねつれつ》な信長ファンで、自作のダンボールのよろいかぶとで町の祭《まつ》りに参加《さんか》するほどだった。

ところが親父《おやじ》はそうではなかった。なぜあのじーさんからこの親父が？　と首をかしげたくなるほど、なよい親父である。「孫の名は信長にせい」と命令口調《くちょう》でおどすじーさんに、「それはちょっと……」と、一応《いちおう》反発してみたらしい。だがさからうほどの勇気《ゆうき》もない。そうして思いついたのがこの名らしい。

『永遠《えいえん》に伸《の》びていける子であってほしい、という願いをこめたんだよ』

親父はわざとらしい理由をぐだぐだと語った。

親父を見ていると、信長が父の位牌《いはい》にむかって香《こう》を投げつけるエピソードが頭に浮《う》かぶ。おれも、親父に香でも投げつけたい気分だから思い出すのかもしれない。

ともあれ、おれは中二のきょうまで、その名のとおりノブナガとして成長してきた。うつけのふりをしてあざむかねばならぬ敵《てき》などいなかったおれは、思うぞんぶん天才ぶりを発揮《はっき》した。

三歳《さい》にして小一なみの読み・書き・算をマスターし、五歳にして日常《にちじょう》会話なら英語《えいご》で話せた。サッカーだってなみではない。歩けるようになると間もなく、転がるボールを追い、四歳でクラブチームに入れば、得点王としてめきめき力を伸《の》ばした。周りは圧倒《あっとう》され、おそれおののき、親しげに話す者などだれもいなかった。

じーさんは小四のとき亡《な》くなったが、その魂《たましい》はもちろん受けついでいる。

『信長《のぶなが》はよぉ、ほんとの天才だわ。いっつも世界を見て動いとったんだわ。信長のえりゃあところは、天才にしかわからんわ。周りのやつらぁでは、信長がなにを考えて動いとるのか、わからなんだんだわ。ノブもよぉ、ほんとの天才だわ。周りは、おみゃあがどえりゃあかしこいのに、ついてこれんもんで、孤独《こどく》だなぁと思うこともあるだろうなぁ。ほんだけどよぉ、まぁ、いつかは、おみゃあが正しいとみんなが思い知るときがくるで、ちゃんと自分に自信持っとれよ』

じーさんの言葉は、いつも柱のように、おれをしっかり支《ささ》え続けている。

ところがとんでもないことが持ち上がった。

夏休みに入ってすぐのある日。朝食の食パンにかじりついていると、親父《おやじ》は顔の前に新聞を広げ、おれと目を合わせないようにしてぼそぼそつぶやいた。

「ノブはその……サッカーの夏の大会、出たいんだよねぇ」

おれはのどにパンがつまりそうになった。

なにをいい出すのか。サッカーはおれにとって生きる力だ。中二なのにレギュラーなのは、もちろんおれだけだ。夏の大会は、三年生におれのすごさを見せつけてやる最後のチャンスだ。その試合に出ないわけがないだろう。

「父さん。いいたいことは、スパッといわなくちゃ」

いつもは親父を小ばかにしたところのあるかーさんまで、コーヒーをどぼどぼあふれんばかりにカップに注ぎながら、変な助言をする。

親父《おやじ》は何度もわざとらしくせきばらいし、思いつめた表情《ひょうじょう》で新聞をはらりと顔の前からのけた。

「えっと……だね。今度、岡崎《おかざき》に引《ひ》っ越《こ》すことになったから」

耳をうたがった。

今住んでいるこのマンションは、名古屋《なごや》駅《えき》のすぐ近くで超便利《ちょうべんり》だ。窓《まど》からは、駅ビルであるツインタワーはもとより、名古屋城《じょう》、名古屋港にかかる三本の橋――名港《めいこう》トリトン、豊《ゆた》かな濃尾平野《のうびへいや》、奥座敷的《おくざしきてき》な東山《ひがしやま》タワーと、名古屋を一望《いちぼう》でき、現代《げんだい》の城主《じょうしゅ》気分を味《あじ》わえる。

岡崎《おかざき》というのはもちろん三河《みかわ》の岡崎で、家康生誕《いえやすせいたん》の地だ。そしておれは、なにより家康が大きらいだ。その家康のにおいがぷんぷんする岡崎へ引《ひ》っ越《こ》しだと？

中学で国語を教えている親父《おやじ》は、じつはこの四月、名古屋《なごや》市内の学校から三河の岡崎に転勤《てんきん》した。本人の強い希望で、エリアがちがうため、わざわざ再受験《さいじゅけん》までしての転勤だ。五十になろうというのに教頭試験ではなく再受験をする。まったくもってありえない話だ。

だけどそれは、引っ越しはせずに通う、というのが条件《じょうけん》だった。名駅《めいえき》（名古屋駅）に近い、超好立地《ちょうこうりっち》なマンション暮《ぐ》らしを捨《す》てる必要はない。名鉄本線《めいてつほんせん》一本で通勤《つうきん》できるから、などと調子のいいことをいっていたはずだ。それがどういう風のふきまわしで、こうなったのか。

「なんの冗談《じょうだん》だよ」

「冗談じゃない。もう……決めたんだよ」

親父はいつになく強気で、テーブルの端《はじ》をぐっとつかんでいる。

「八月の末《すえ》なら……大会は出られるだろ?」

「だから、そういうこっちゃなくて」

おれはかーさんに救いを求めた。かーさんなら、おれの気持ちを少しはくみとってくれるはずだ。

しかしかーさんはベンチタイプのいすにどっしりと腰《こし》をすえ、そしらぬ顔でコーヒーをすすっている。

親父《おやじ》は少しでも動いたらゴキゴキと音がしそうなほど身をこわばらせ、深呼吸《しんこきゅう》したのちいいはなった。

「引《ひ》っ越《こ》しは八月末の土曜。いいね」

そして自分を納得《なっとく》させるように、大きくうなずいた。

かーさんもずずっとコーヒーをすすり、タン、と固い音を立ててカップをおいた。

「おい、なんだよ。どういうことだよ」

おれがどんなにわめこうが、ふたりはきこえないふりをとおした。

それからというもの、おれは何度も話を蒸《む》し返《かえ》したが、親父《おやじ》はもちろんのこと、かーさんまでとり合おうとしない。どころか「いつまでもうじうじと。男らしくないわね！」と、いわれる始末《しまつ》。さすがに「男らしくない」とまでいわれては、おれも食《く》い下《さ》がる気をなくしたのだった。

かくして親父の運転するぽてっとしたパッソで、おれたち一家三人は、三河《みかわ》を目指していた。

よりにもよって岡崎《おかざき》。岡崎ときいただけで、じんましんが出そうだ。タヌキ親父のねちねちが、そのまま町のイメージにつながる。

そういえば先ほどより、見慣《みな》れたクリーム色の市バスを目にしない。もうすでに、名古屋《なごや》はずんと離《はな》れてしまったのだ。

国道一号線といっても、片側《かたがわ》一車線の地味な道路が続く。それがぐうんと坂を上った。川をわたる橋だ。と同時に急にトラックが増《ふ》えてきた。自動車の部品を運んでいるらしい。

「『境川《さかいがわ》』だよ。尾張《おわり》と三河《みかわ》をわけるね。尾張と三河、四百年の争い……」

白髪《しらが》混《ま》じりのしょぼくれた親父《おやじ》が、呪《のろ》いの言葉でも吐《は》くようにつぶやいた。

都落《みやこお》ちだ。

どう考えたって、これは親父のいやがらせだ。

一号線の一本裏道《うらみち》には、東海道《とうかいどう》の松並木《まつなみき》も見える。そしていよいよ岡崎《おかざき》へ。

黒いかわら屋根の家が目につく。ビルはあっても、名古屋《なごや》のような人が生みだす熱気は見あたらず、郊外《こうがい》なのだと肌《はだ》で感じる。そしてダメ押《お》しの看板《かんばん》が。

〝家康公《いえやすこう》と三河武士《ぶし》のふるさと岡崎〟

みそかつのそえもののキャベツのように、葵《あおい》のご紋《もん》もそえられている。

もう景色《けしき》を見るのもいやになり、目をとじて後部座席《こうぶざせき》に沈《しず》みこんだ。どうにでもなれ、だ。

どれくらいそうしていたのか。うとうとまどろみかけたころ、車が止まった。むくっと首を伸《の》ばし、まず目に入ったのは、立ちならぶ墓《はか》だった。ここはどう見たって墓地《ぼち》だ。けれど、親父《おやじ》もかーさんも引《ひ》っ越《こ》し業者《ぎょうしゃ》の人も、車を降《お》りている。

なぜこんなところで降りるのか。わけもわからずおれも降りると、そこは寺の境内《けいだい》だった。親父たちは寺の裏側《うらがわ》の、くたびれた、味気ないグレーのま四角の家に入っていく。住職《じゅうしょく》も出てきて立ち話をしている。この寺の経営《けいえい》する物件《ぶっけん》を借《か》りることになったらしい。

岡崎《おかざき》で。

墓地の横で。

上等だよ！

城主《じょうしゅ》気分を味わっていたきのうまでとは大ちがいの日々がはじまろうとしていた。

2 三河武士《みかわぶし》との対面《たいめん》

きょうは朝から、セミが一段《いちだん》とさわがしい。

ここは岡崎城《おかざきじょう》にほど近い岡崎中の校長室である。始業式の前に顔合わせがあるからと、ここへ通された。ソファの周りをとり囲むように、優勝旗《ゆうしょうき》やトロフィーが、ところせましとおかれている。

「いやいや、待たせたね」

校長先生と担任《たんにん》の先生が連れ立って入ってくるなり、おれはげんなりした。

校長先生は不自然なほど黒々と髪《かみ》を染《そ》め、顔中がべっとりあぶらぎっている。腹黒《はらぐろ》さがそのまま目つきにあらわれ、まさにタヌキ親父《おやじ》だ。担任の先生はというと、黒縁《くろぶち》のメガネをかけた男の人で、やや猫背《ねこぜ》で神経質《しんけいしつ》そうだ。校長先生の背《せ》を越《こ》えてはならぬと、わざと背を丸めているようにも見える。

校長先生はあいさつもそこそこに、「岡中魂《だましい》」だの「教育理念《りねん》」だのをよどみなく語りはじめた。

「ここは家康公生誕《いえやすこうせいたん》の地であるからして――」

と、うしろ手を組み、歩きながら語りはじめると、石川《いしかわ》と名のった担任《たんにん》の先生は、大きくうなずく。

「三河《みかわ》のねばり強い気質《きしつ》、そして強い絆《きずな》で結びついている土地がらこそが、家康公の天下統一《とういつ》を支《ささ》えたのだ」

と、にぎるこぶしに力を入れれば、石川ティーチャーも同じくこぶしをにぎる。まるで時代劇《じだいげき》の殿様《とのさま》と家臣《かしん》のようだ。ほかの先生が始業式がはじまると知らせにくるまで、話がとぎれることはなかった。

体育館の始業式では、またしても校長先生の三河自慢《じまん》がはじまった。それも先ほどきかされたのとほぼ同じ内容《ないよう》である。

こんなのきいていられるか！　おれは前の壁《かべ》の時計をにらみ、時間をつぶした。

長い長い始業式が終わると、石川《いしかわ》ティーチャーに連れられ、二年三組の教室へむかった。

ろうかが薄暗《うすぐら》い。壁《かべ》が黒ずんでいる。外は猛暑《もうしょ》が続いているのに、ひんやりと足元をすくう風がふきぬける。石川ティーチャーはなにもしゃべらず、前だけを見て進む。ふいにその足が止まった。

「ここだ」

いよいよ、である。いよいよ三河武士《みかわぶし》たちとの対面だ。

おれは心の中で何度か気合いを入れた。

あのいけすかない家康《いえやす》を支《ささ》えた子孫《しそん》ども、心しておけよ!

ガラリと戸が開き、中が見える。

三十四人の見なれぬ顔が、どんな転入生かと興味津々《きょうみしんしん》なのはすぐわかった。ただ――なにかが欠けていた。もったりとした表情《ひょうじょう》がずらりとならぶばかりで、なにも伝わってこない。気迫《きはく》がまったく感じられないのだ。気合い十分でのぞんだおれは、肩《かた》すかしを食《く》らった。
そこでふと思い出した。司馬遼太郎《しばりょうたろう》が、三河武士《みかわぶし》をこんなふうにいっていた。

今川侍《いまがわざむらい》が岡崎城《おかざきじょう》にやってきて居座《いすわ》ると、道で出会えば貴人《きじん》のように扱《あつか》い、道ばたに身《み》を避《よ》け、腰《こし》をかがめて土民《どみん》のような礼《れい》をとらざるをえなかった。俸禄《ほうろく》を今川侍にとられてしまうことになっても、三河松平《まつだいら》はコヤケ（小さい家）だからしかたあるまいと我慢《がまん》した。

さすが司馬遼太郎。目の前にならぶ顔は、まさにそれだ。尾張《おわり》では見かけない、あかぬけない顔。なにかを耐《た》えしのんでいるような顔。
ファッションセンスもなっていない。たとえばカッターシャツの着くずし方。ひと昔前はやったヘアスタイル。「天使のリング」が見あたらない女子の髪《かみ》。やぼったい長さのくつ下。ずるっとした長さのスカート。

「じゃあ、遅《おそ》くなりましたが、自己紹介《じこしょうかい》をお願いします」

ふし目がちの石川《いしかわ》ティーチャーはそれだけいうと、あとはおまかせ、とばかりにうしろへのいた。おれは最初がかんじんと、三十四人ののっぺり顔をねめつけ、バシッといってやった。

「名古屋《なごや》の名駅中《めいえきちゅう》からきた恩田伸永《おんだのぶなが》です」

とたんにひそひそぼそぼそ、ざわめきが起こる。

「織田信長《おだのぶなが》じゃん！」

「いやぁ、ちょっとちがうだら？」

「きいてみりん」

今のはなんだ？

まったりのったり。耳にべとつく超《ちょう》スローな会話。

じゃん・だら・りん？

なんだそりゃ！

なおも連中はおれから目を離《はな》さず、ささやき合っている。

「なにかききたいことがあるなら、どうぞ」

石川《いしかわ》ティーチャーはそうふった。が、いざそうきかれるとシュンとなり、だれも手をあげはしない。石川ティーチャーには想定内《そうていない》のことだったのか、とくに困《こま》ったふうでもなく続けた。

「ではその……恩田《おんだ》くんに岡崎《おかざき》にきた感想をいってもらいましょうか」

とたんに、三十四人の目に異様《いよう》な光が宿る。

おらが村をどう思うのか、田舎《いなか》モンにとっては、重要度の高い質問《しつもん》なのだろう。

おれはこのいやらしい空気をがばっと吸《す》いこむと、わずかにあごを持ち上げ、全員《ぜんいん》を上から見下ろした。

「くるとちゅう、岡崎城《おかざきじょう》が見えたが、安土城《あづちじょう》にくらべて思いのほか地味であることがわかった。それが、この地に根づく人の気質《きしつ》をあらわしているのではないかと思う。田んぼの代わりに工場がならんでいたのは意外だったが、安い土地ゆえのことと納得《なっとく》した。またこのなにもない地で休日をどう過ごせばよいのか、心配になった。以上！」

一同はあっけにとられ、気のぬけたサイダーのようである。石川《いしかわ》ティーチャーまで同様で、いつまで待ってもなんの指示《しじ》もない。

おれはぐるっと教室を見わたし、一番うしろのひとつだけ空《あ》いた席を見つけ、そこへむかった。

「今、なんていったか、おまえわかった？」

「ううん。速すぎて無理無理」

「だらぁ」

なんのことはない。ききとれなかっただけらしい。

どさっといすに腰《こし》を下ろしたところで、石川《いしかわ》ティーチャーがぼそっといった。

「恩田《おんだ》くん。そこ……欠席してる子の席でね。机《つくえ》といす、あとで用意しておきます」

転入生の席も用意していないのか。

おれはあきれて声も出なかった。

3 ああ三河《みかわ》、おそるべし

三河《みかわ》にきておれが学んだこと。それは、境川《きかいがわ》は今もなお文化の大きな切れ目であるということだった。

まずはとにかく動きがのろい。しゃべる速さだけでなく、歩く速さも。いちいち「じゃん・だら・りん」ときくだけで、頭が痛《いた》くなる。そして、合理的なものの考え方とはほど遠く、昔ながらのやり方をなんのうたがいもなく続けている。

たとえば給食。ここはいまだに、給食当番が全皿もりつけて配るやり方だ。それ以外の生徒はだまって座《すわ》っているだけ。やたらと時間がかかってしょうがない。

尾張《おわり》の名駅中《めいえきちゅう》は、弁当もOK《オーケー》だが、基本カフェテリア形式の給食で、ランチルームでトレイを持ってならび、受《う》けとる。調理からもりつけまで、安く請《う》けおった業者《ぎょうしゃ》にすべておまかせだ。時間と予算のむだを省《はぶ》けば、こういう形にいきつくのだ。

せめて、セルフで食缶《しょっかん》から好きなだけつぎ、用意できた者から食べる方式に変えろ、とおれはホームルームでうったえた。

最初はそろって口をとじ、机《つくえ》をながめていただけの三河武士《みかわぶし》も、おれが攻《せ》め立《た》てると、ぽつぽつ反対意見を述《の》べだした。

全員ぶん足りなくなったらどうするのか。

そろって「いただきます」をいわなくていいのか。

いったん口火を切ると、やつらはガンコでなかなか自説を曲げようとしない。ついにホームルーム終了のチャイムが鳴り、石川ティーチャーはやむなく、お試しでやってみるかとまとめた。

いざやってみると、給食当番の仕事がへり、時間も節約でき、それはそれで好評《こうひょう》だった。遅《おそ》くにつぎにきて、おかずがないという者もいたが、ひかひかと笑うだけで怒《おこ》りもしない。「しかたあるまいと我慢《がまん》」する。司馬遼太郎《しばりょうたろう》のいったとおりだ。クラス全員同じ顔に見え、顔の区別がつかない。三河は時代を無視《むし》したゆったりとしたペースで、四百年もの間、漬物石《つけものいし》の下で変わらず漬《つ》けこまれてきたようだ。

八丁《はっちょう》みそも、うなぎも、三河《みかわ》で生まれ育った素材《そざい》だ。だが、みそ煮《に》こみうどんも、ひつまぶしも、名古屋《なごや》めしとして知られている。昔ながらのやり方で、陰《かげ》で支《ささ》える三河と、表舞台《おもてぶたい》で輝《かがや》く尾張《おわり》。そのちがいは、今もなお息《いき》づいている、というわけだ。

加えて驚いたのは、九月末の体育大会だ。

石川《いしかわ》ティーチャーが、きょうから練習をはじめると伝えたとたん、三河武士《ぶし》たちは変身した。それまでとは打って変わり、目に炎《ほのお》がともり、異様《いよう》な興奮状態《こうふんじょうたい》だ。

「二年生のだし物は、例年どおり『いざ城《しろ》へ』です」

なんだ、そのネーミングは。

おれは思わず首をひねる。

となりに座《すわ》る女子が、まっすぐおれを見て説明してくれた。

「家康《いえやす》をたたえる、伝統《でんとう》ある競走じゃんね。城にいる家康のところまで、だれが速くいけるかを競《きそ》うんだって」

家康《いえやす》をたたえる、ねえ。あきれるやら、うんざりするやら。

しかしその認識《にんしき》は甘《あま》かった。練習初日、なんとジャングルジムサイズの手作り天守《てんしゅ》閣《かく》が、グラウンドのまん中に出現《しゅつげん》した。その一番高いところに、家康役《いえやすやく》の生徒がひとり、衣装《いしょう》を身に着け座《すわ》った。そして城《しろ》へむかう側は騎馬戦《きばせん》の馬を作り、上に乗る者ははかまにちょんまげ。ヨーイドンでいっせいにスタートし、グラウンドを一周したのち、ちょんまげのみ天守閣をよじのぼり一番乗りだけが家康から扇子《せんす》をわたされる。

手がこんでいるわりには、たいした競技《きょうぎ》でもない。

しかし三河武士《みかわぶし》たちは、とうてい理解《りかい》できない真剣《しんけん》さで戦いに臨《のぞ》んでいる。さぼるとか、集団《しゅうだん》からはずれるなどいっさい許《ゆる》されない。皆《みな》が同じ方向をむき、そろって動く様《さま》は、見ていてぞっとする。絶対《ぜったい》ふつうじゃない。なにかにとりつかれてる！

九月いっぱいこのとんでもない状況《じょうきょう》は続いた。学校中が、どこか方向性《ほうこうせい》のちがう熱《ねっ》気《き》でむせかえり、三河に染《そ》まらないよう気をつけるだけで、いっぱいいいっぱいだった。

そして「予行演習《よこうえんしゅう》」で驚《おどろ》きはピークに達した。

なんと朝の入場行進にはじまり、最後のクラス対抗《たいこう》リレーにいたるまで、体育大会当日と同じ演目《えんもく》をすべてこなす、というのだ。これではまるで体育大会が二度あるようなものだ。一番の目玉種目のクラス対抗リレーまでやってしまうというのがさっぱりつかめない。

「もちろん本気は出さんわさ」と、三河武士《みかわぶし》はいう。

「かけひき、かけひきじゃんね」

応援合戦《おうえんがっせん》のネタバレも、すべてなんらかのかけひきがあり、当日はまたちがった結果になる、と例のひかひか笑いを見せるばかりだ。

そして迎《むか》えた当日。朝から花火の音で目が覚《さ》めた。きょうは体育大会がある、の合図らしい。学校にいってみると、校庭にはなぜか老若男女《ろうにゃくなんにょ》が集い、老人クラブの炊《た》きだしテントも作られている。一中学の体育大会というより、地域《ちいき》の一大イベントだ。町をあげてのお祭り。そうとらえるしかない状況《じょうきょう》である。

そして翌日《よくじつ》にはもう、力の入った合唱コンクールの練習がはじまった。

このふんいき。そう、これは軍団《ぐんだん》だ。個は消え、異様《いよう》な世界にのみこまれていく。
行事となると、とつじょわき起こる、この息もつまるあぶない空気。
ああ三河《みかわ》、おそるべし。

4　宿敵《しゅくてき》

　ここにきて以来驚《おどろ》くことの連続で、ふとカレンダーに目をやれば、いつの間にか紅《こう》葉《よう》の写真が美しい、十月になっていた。一日が終わるとどっと疲《つか》れがたまり、おれはスタンドに座《すわ》り、グラウンドをながめていた。

　サッカー部は、きょうもどこかよそで練習しているのだろうか。グラウンド全面をつかい、野球部がノックをしている。グローブをかまえてざざっとすべりこむたび、砂《すな》ぼこりが舞《ま》い上《あ》がる。なかなか動きがよく、練習も効率《こうりつ》よくこなしている。

　やや秋模様《あきもよう》の風に身をまかせ、目をとじる。ひさしぶりにサッカーに明《あ》け暮《く》れていた日々を思い出す。

　芝生《しばふ》のにおいを感じる。革《かわ》のにおいのする、ぱんぱんに張《は》ったボール。はくだけで足の裏《うら》から緊張感《きんちょうかん》が伝わるスパイク。ボールをける。それだけのことなのに、心は解《と》きはなたれ自由になる。風を切り、ボールを転がし、相手をだしぬきシュートする爽《そう》快感《かいかん》！　だったが……。

冬の大会も夏の大会も、前の学校のサッカー部はいまいちだった。やつらは、最後までチームプレーを理解《りかい》できなかった。メンバーさえよければ、今すぐにでもサッカーをしたい。だが、じゃん・だら・りん相手じゃあなぁ……。

そのとき頭の上から声がした。

「ちょうどよかった」

目を開けると、そこにいたのは担任《たんにん》の石川《いしかわ》ティーチャーだった。

「恩田《おんだ》くんはその……なに部に入るか、決めたかね」

すっかり忘《わす》れていたが、ここ岡中《おかちゅう》は、全員どこかの部へ所属《しょぞく》する、全員部活制《せい》だといわれていた。

「ああ……ならサッカー部に」

もしかしたら、よいメンバーにめぐり合える、ということもあるかもしれない。

ところがそう答えたとたん、石川《いしかわ》ティーチャーは顔をしかめた。

「んー……。本校はね、野球部が全国大会に出場するほどの部なので、あえてサッカー部は作っていないんだよ」

「え？　どういうことですか？」

そりゃ、いつもここにいないのは気づいていた。どこか別の場所を借《か》りて練習しているものだとばかり思っていた。

「その……サッカーとどちらに入ろうと迷《まよ》わなくていいし。グラウンドをひとりじめして練習できるだろ？」

石川ティーチャーはにそにそと笑った。

「いや、おれはサッカー部以外入る気はないんで」

「といわれても、どこかの部に入ってもらわないと……」

これまたどうでもいい規則《きそく》である。必ず実質帰宅部《きたくぶ》のやつはいるわけで、名目だけの規則にすぎない。

石川《いしかわ》ティーチャーは、手にしていたノートの山をスタンドにおこうかどうしようかとさんざん迷《まよ》ったあげく、おれの横に座《すわ》り、ひざの上にのせた。そして何度もわざとらしいため息をつき、まゆをまん中に寄《よ》せたのち、ふいに「そうそう」と顔を輝《かがや》かせた。

「サッカー部といえば、ないこともない」

「さっきはないっていったじゃないですか」

「いや、その……思い出したんだよ。第一理科室でやってたってね」

どう考えてもあやしい話だ。

「理科室でサッカーですか？」

「とにかく、いってみてごらん」

石川ティーチャーはぽんとおれの肩《かた》をたたくと、ノートの山をかかえてよっこらしょと立ち上がった。そしてさらに念を押《お》した。

「第一理科室の場所は、わかるね」

「まあ」

そしておれが立ち上がるまで、辛抱強《しんぼうづよ》くじっと待ち続けた。うっとうしいので立ち上がると、石川《いしかわ》ティーチャーは、よくできました、というようにうなずいた。

「じゃあ、いってきなさい」

理科室でサッカー。どう考えたっておかしいが、ほんとにサッカーができるなら、と、とりあえずいってはみることにした。

ひんやりとしたわたりろうかをかくかくと折れ曲がると、その先は特別教室棟《とう》である。ツンと鼻をつく薬品のにおいが、ここまで流れてでている。いよいよ目的地に近づいても、ほとんど声もしない。きょうは試合のビデオでも見ているのだろうか。うたがいつつ第一理科室の中をのぞいた。

ぬうっと顔をこっちにむけた者が四人。

小学生かと見まちがえるような男がふたりと、チャラ男《お》がひとり。サッカーというより柔道《じゅうどう》だろうという男がひとり。プリントの束《たば》のようなものを実験テーブルのまん中に放りだし、ぐったりしている。

そしてもうひとり、うしろに普通《ふつう》教室の机《つくえ》といすを持ちこみ、パソコンとむき合う男がいる。みょうに落ち着き、同い年にはとうてい見えない。なんと髪《かみ》を七三《しちさん》にわけている。

いずれにせよ、どいつもこいつもサッカーとはほど遠い。

「部屋《へや》をまちがえたらしい」

顔を引っこめると、柔道男《じゅうどうおとこ》がダタンと派手《はで》な音を立てて立ち上がった。

「ノブナガ、だら?」

返事はしなかったが、足はとめた。

「サッカー部ときいて、きたん……だら?」

おれはだまったままだ。

「そのぉ、前の学校でもちょっとサッカーやってたらしいってきいたからな、もしかしてと思って」

いい方が気に食《く》わない。一歩前にでてそいつとむき合った。

「ちょっとやってた、じゃない。おれは天才的プレーヤーだ。フォワードはおれひとりでも十分カバーできる」

男は目をぱちぱちさせた。そしてとまどったように声を返した。

「フォワードはふつう何人でするもんか、とか細《こま》かいことはようわからんじゃんねぇ」

サッカー部ではありえない発言だ。大きななりをして、もみ手でもしそうな笑顔をふりまき、不気味《ぶきみ》だ。

「とにかく、サッカー部でないならおれには用はない」

「いやそのぉ……サッカー部っちゃあ、サッカー部じゃんねぇ」

男はおれを引きとめる。

「どのあたりがサッカー部なんだ？　そもそも十一人そろっていないだろう。練習場所が理科室とはどういうことだ。筋《きん》トレをするでもなく、ただぐたーっと机《つくえ》によっかかって、なにをしてるんだ。説明してみろ」

とちゅうから勢《いきお》いが止まらなくなり、早口になった。ぽかんと口を開けている様《さま》を見て、また速すぎてききとれなかったといい出すのではと思った。

「あ――」

柔道男《じゅうどうおとこ》は困《こま》り顔でパソコンにむかう男に助けを求めた。しかしいつまでたってもふり返る気配がないので、あきらめたようだった。

「えっと……ここはその……ロボットでサッカーをする、『ロボサッカー部』じゃんね」

ロボットでサッカー？

メンバーを見て、どうせ実質帰宅部《じっしつきたくぶ》だろうと判断《はんだん》していたおれは、少なからず驚《おどろ》いた。

「ロボットでするサッカーの大会は知っとる？」

悔《くや》しいけれどきいたことはない。そいつは一方的に続けた。

「二〇五〇年までに、サッカーの世界チャンピオンチームに勝てる、自律型《じりつがた》ロボットのチームを作ろうってはじまったのがロボカップ。その小・中・高校生版《ばん》がロボカッ

プジュニア。数学オリンピックなんかとならぶ、国際科学技術《こくさいかがくぎじゅつ》コンテストのひとつじゃんね。で、そこに出場するための部が、この部ってわけ」
男はほこらしげだが、おれは無反応《むはんのう》をつらぬきとおす。そいつは困《こま》ったように意味のない笑顔を見せた。そして教室のうしろでパソコンをたたいている、中年のような男の元へいき、耳打ちした。中年男が、「本多《ほんだ》が好きに説明すればいい」といっているのがきこえた。
柔道男《じゅうどうおとこ》——本多は、額《ひたい》の汗《あせ》をぬぐいつつ、今度は前の大きな教卓《きょうたく》へむかい、その下からなにかをとりだし床《ゆか》においた。

「今からやって見せるから、もっと近くへおいでん」

おれはまだ戸口に立ったままだった。動かずにいると、今度はチャラ男《お》が誘《さそ》った。

「近くじゃないとサ、よう見えんじゃん」

そして何度も目でうながす。

ほんとのサッカーじゃないことはもうわかった。だからこのまま帰ってもよかったのだが、およそ現代《げんだい》社会からとり残された三河武士《みかわぶし》が、ハイテクなロボットをあつかう図がどうにも思い浮《う》かばず、ちょっぴり興味《きょうみ》がわいた。ロボカップだの、国際科学《こくさいかがく》技術《ぎじゅつ》コンテストだのという言葉もやや気になる。

教卓《きょうたく》の横にいくと、「ロボット」が二機、目に入った。ロボットのイメージとはほど遠く、どちらが前かわからない自動車のおもちゃのようだ。大きさは縦横《たてよこ》高さ、十五センチくらい。三層《そう》になった、四角で穴《あな》だらけの赤いプラ板《ばん》、それぞれの層に、回路図のような緑色の基板《きばん》、小さなＬＥＤ《エルイーディー》ランプ、電池ボックスなどがのっている。

そしてそれらが複雑《ふくざつ》にリード線でつながっている。一番下の板の裏《うら》には、直径四センチくらいの黒いタイヤが二つと、パチンコ玉のような玉のついたキャスターがひとつついている。てっぺんには持ち手のようなものも。二機の形はよく似《に》ているが、微妙《びみょう》にとりつけられているものがちがう。

「まさか……これがロボットか?」

「そ、人型《ひとがた》じゃなくてサ。ちょっとびっくりしたら?」

チャラ男《お》が歯を見せ笑う。

本多《ほんだ》は引きだしから、黒っぽくて透《す》きとおったボールをひとつとり出した。野球ボールくらいの大きさで、中に電子部品や基板《きばん》が入っているのが見える。そのスイッチらしきものを入れ、床《ゆか》におくと、ボールはピカッピカッと赤い光を点めつさせ、ころころランダムに転がりはじめた。ロボットの方も、てっぺん付近にあるスイッチをポチポチッと二機同時に入れると、ジージーとうるさい音がして、タイヤが動きだした。二機は殺虫剤《さっちゅうざい》をかけられたハエのように、その場でくるくる回りだした。

「おい、いつになったらサッカーがはじまるんだ」

本多《ほんだ》は、待て、というようにてのひらをおれにむかって突《つ》き立《た》て、ただじっとロボットを見つめた。

やがて片方《かたほう》のロボットが、すべきことを思い出したように、ボールの方へむかってぎこちなく進んだ。ボールにたどり着くと、その角ばった体の前面にボールを当てて前進した。

「まあこんな感じじゃんね」

そしてボールとロボットのスイッチを切った。

「たまたまボールに当たっただけだろ。それもしばらくうろうろしてから。まさかこれでサッカーだというつもりじゃないだろうな」

おれはあきれ、そこにいる五人全員をにらみつけた。小学生ふたりはびくっと首をすくめ、残るふたりは目をそらし、中年男はやっぱりこっちを見なかった。

「サッカーってのは、もっとスピードがあって、ボールを激《はげ》しくうばい合うもんだ。きびきび動かせよ！」

まったりのんびり。やつらが動かすと、性質《せいしつ》がロボットにまでうつるらしい。

本多《ほんだ》は困《こま》りはて、再《ふたた》び中年男の元へむかった。男はキーボードをたたくのを止《や》め、しぶしぶといった様子で腰《こし》をひねり、こちらをむいた。

どこかで見た顔だ。──そう、体育大会だ。家康《いえやす》の役をやっていた男だ。七三《しちさん》にわけた髪《かみ》が中二なのにしっくりなじみ、小太りで、貫禄《かんろく》も十分だ。顔もかなりのぽっちゃりで、目が小さく見える。

「もしかしてきみはその……これがリモコンで動いている、などと思ってはいないだろうね」

男は名乗りもせず、いきなり本題に入った。

たとえばラジコンカーは手元のコントローラーで前後左右に車を動かす。リモコンで動かすとはそういうことだ。だがコントローラーはない。じゃあどうやって動かしているんだ？

中年男は、その小さな目をわずかに細め、おれを品定めするように見つめた。

「これはプログラミングで動かしているんだよ」

「プログラミング？」

「パソコンで作ったプログラムをロボットの頭脳《ずのう》にダウンロードして動かしている」

なにをいっているのかわからない。

中年男はゆったりと立ち上がり、腹《はら》をつき出し、教室の前へ移動《いどう》した。ボールをつまみ、てのひらにのせると、目の高さに合わせた。そして、その透《す》きとおった球体の中の具合をたしかめるように目を近づけた。

「そこのロボットは自律型《じりつがた》だ。事前にプログラムされたとおりに自分で動く。だから いろんな場面を想定《そうてい》して、どう動くべきかを教えておくわけだよ。逆《ぎゃく》にいえば、命令がしっかりしていれば、確実《かくじつ》にボールを見つけシュートする」

中年男の目が、しだいにあやしく輝《かがや》きはじめる。

「先ほど点めつしていた光は赤外線《せきがいせん》で、それをロボットがセンサーで感知する。赤外線を感知したら、その方向へ進め、とプログラムしておく。するとロボットは赤外線を探《さが》し、その方向へ動きだす。最初にぐるぐる回っていたのは赤外線を探していたのだ」

なるほど赤外線を求めて動くらしいことはわかった。

「ほかにも色のちがいを感知するラインセンサー、なにか物にふれたときに感知するタッチセンサーもつけている。どれもボールをシュートさせるのに必要なセンサーでね。感知したらどう動かせばよいかを考え、プログラムを組むんだ」

だんだんややこしくなってくる。中年男は無表情《むひょうじょう》のまま、講義《こうぎ》をするように語った。

「『もしこうなったら』という『if《イフ》』命令や、『これとこれは同時におこなう』という『and《アンド》』命令などもあり、プログラムの世界は奥深《おくぶか》い。その上ときどき公式ルールが変わるし、どんどん改良型《かいりょうがた》のパーツも出てくる。何年やっても次のステップが用意されていて、あきさせない仕組みになっている」

なんなんだ、こいつは。頭が痛《いた》くなってきた。

「こ、こんなの、サッカーじゃない!」

おれはようやくそれだけいった。体で風を感じ、極限《きょくげん》まで体をつかい、汗《あせ》を流してボールを追いかける。あのさわやかさと、この機械のおもちゃは、似《に》ても似つかない。

「おまえには、体を動かす楽しさなんて、ぜんぜんわからないだろう!」

おれが声を荒《あら》げても、そいつは静かにほほえみ、ぬらりとかわす。

「体を動かす楽しさねえ」

そして口の端《はし》を少しだけ持ち上げた。

「まぁ、頭脳《ずのう》勝負のこのおもしろさが理解《りかい》できるのは、ごく一部のかぎられた者だからね。きみは野球部の方が合ってるんじゃないかな」

おれはどんどん頭に血が上ってきた。目がぎらついてくるのが自分でもわかる。

「それはどういう意味だ？　おれが体を動かすしか能《のう》のないやつだっていいたいのか？」

中年男はきょとんとした。なぜ怒《おこ》っているのかわからない、というように、まばたきをくり返した。

そこへ本多《ほんだ》が体をわりこませた。

「いや、その、イエヤスはいつもこんなんで、とくに深い意味はないじゃんね」

大きな体を無理に小さくして、しきりにあやまった。

だがおれは「イエヤス」という名が耳に残った。宿敵《しゅくてき》を見つけた、と体がすぐさま反応《はんのう》した。

「おまえ……イエヤスというのか？」

おれが獲物《えもの》をとらえたとばかりに中年男をにらみつけると、そいつはくいとあごを持ち上げた。

「いかにも。わたしは徳山家康《とくやまいえやす》だが」

なんのことはない。体育大会の家康役はそのものズバリの「イエヤス」だったのだ。

本多《ほんだ》は、今度はイエヤスの方をむいて頭を下げた。

「ノブナガはべつにイエヤスにけんかを売ろうとか、そういうつもりじゃないじゃんね。ただ名前をきいてみただけのことで……」

なぜかおれの態度《たいど》を本多はあやまっているのだった。

「ふうん、きみはノブナガというのかね」

イエヤスはふんと鼻を鳴らした。おもしろくない。殿様《とのさま》ぶって、生理的に受《う》けつけない。むらむらと闘志《とうし》がわいてきた。この、えらそうで小太りな、まさに家康そのものの男をこてんぱんにたたきのめしてやりたい。頭脳《ずのう》勝負というのなら、どっちが上に立つべき人間か、きっちり思い知らせてやろうじゃないか。そして、まともにサッカーをしたことなどないだろうおまえに、ほんとのサッカーはこんなもんじゃないということを、ちゃんとわからせてやろうじゃないか。

「わかった。入部してやるよ！」

おれは目をぎらつかせて宣言《せんげん》した。本多《ほんだ》とチャラ男《お》があっけにとられ、動きを止めた。小学生ふたりは、びくっとしたまま固まった。

イエヤスは胸《むね》の前でうでを組み、ふんぞり返っておれを見た。

「入部？　それは本気かね？」

「もちろんだ」

イエヤスとおれはバシバシと視線《しせん》をぶつけ合った。負けてなるものかと、おれはさらに目に力を入れる。と、イエヤスはふっと力をぬき、どうでもよさそうに答えた。

「好きにすればいいだろう」

5　ロボカップジュニアとは

おれが入部を口にしたとたん、本多《ほんだ》とチャラ男《お》は顔色を変え、ひそひそ話をはじめた。

「うわっ、どうする?」

「どうするっていわれてもなぁ」

「入ってくれたらなんか変わるかもってサ、本多思ったよな」

「そういう小早川《こばやかわ》だって、思っただら」

チャラ男は小早川という名らしい。ふたりはきこえていないつもりらしいが、丸ぎこえである。

「でもどう見てもサ、よくないふんいきじゃん」

「たしかに。これまで自分ら仲《なか》よくやってきたのに、ノブナガが入ったらどうなるか」

「ふたりともタカピーだもんな。これじゃあ家康《いえやす》と信長《のぶなが》で戦国《せんごく》ロボサッカー部じゃん」

「おい、失礼《しつれい》な。徳山《とくやま》家は、先祖代々親方様《せんぞだいだいおやかたさま》でぇ……」

「わかってるけどサ、今は二十一世紀《せいき》よ」

小学生の片《かた》われが、おそるおそるそこに加わった。

「でも……ノブナガくん、新しいこと、どんどんいう人みたいじゃん？　いきづまってるこの状況《じょうきょう》が変わるかもしれんじゃん」

「まあな。イエヤスも組む相手がいなくってあぶれてたしサ、案外いいかもな」

「そうかなぁ」

三人は顔を突《つ》き合《あ》わせ、いつはてるともしれぬ話を続けるばかりだ。

「おい、まずは名前くらい教えろ」

おれがむすっとふくれると、部員たちはびくんと背《せ》すじを伸《の》ばし、本多《ほんだ》があわてて紹介《しょうかい》をした。

「えっと、イエヤスが部長で、自分は副部長の本多。で、こいつは小早川《こばやかわ》」

チャラ男《お》のうでをつかむ。

「こう見えても、機械いじりは好きじゃんね」

そして今度は小学生ふたり組の前に立った。

「このふたりは、ソニーの創業者《そうぎょうしゃ》の呼《よ》びかけで全国にできたっていわれとる『発明クラブ』に、小学生のころ入っとって……」

前にいる、ビーバーのような歯を見せる男を手で示《しめ》した。

「こっちが榊原《さかきばら》。六年のとき、『安全ベルトつき車いす』を作って、あの、全日本学生児童発明くふう展《てん》で、発明協会会長賞をとった」

榊原はぽっとほおを染《そ》めた。

「で、こっちは井伊《いい》。井伊は榊原としかしゃべらん。やっぱり六年のとき、『ごみ自動分別器《ぶんべつき》』で入選になった」

色白の井伊になり代わり、本多が自分の手がらのように胸《むね》を張《は》った。

「みんな二年生サ」

小早川《こばやかわ》は親指を立てておれを見る。

「なるほど。で、そのなんちゃら大会で、この部はどれくらいのレベルなんだ?」

おれがたずねると、本多《ほんだ》が代表して答えた。

「この部は去年できたばっかだけど、ノードで……あっ、地区予選のことをそう呼《よ》ぶんだけどな、そこで予選落ちした。三位までに残ると、その上の東海《とうかい》大会に出られるじゃんね」

「でもサ、惜《お》しかったよな。三位になったチームと戦ったけど、いい勝負だったもんな」

小早川《こばやかわ》がしみじみいう。

「くだらない。結果が出なけりゃだめなんだ。弱いチームほど、そういうみみっちいことにこだわるんだ」

小早川は、おもしろくなさそうに顔をそむけた。

「とにかく、だ。まずは東海大会に出ることだろ」

地区大会の優勝《ゆうしょう》、そして県大会、さらには全国大会。サッカーのウイニングロードを思い浮《う》かべた。

本多《ほんだ》は遠慮《えんりょ》がちに説明した。

「その先もまだ全国大会、世界大会もあるじゃんね。今年の会場はどこの国だったかな。去年は『尾張《おわり》ロボクラブ』が世界大会にいっただら」

なんだって？　こんなしょぼいおもちゃで世界進出！

今の今までくだらないと思っていたが、世界大会まであると知り、視野《しや》がバーンと開けた。それに尾張ロボクラブ？　さすが尾張、やってくれるじゃないか。世界制《せい》覇《は》、悪くない。

「じゃあ目標は世界進出だな」

おれが高らかにそういうと、四人はそろって息をのんだ。

「いや、その。まずはサ、ノードの三位入賞くらいからじゃないかなってサ」

小早川《こばやかわ》はあたふたする。

「なにをいう。目標が低いから勝てないんだ。当然地区予選は優勝《ゆうしょう》、その先の世界を目指す」

「あのう……」

ビーバーのような榊原《さかきばら》が、おどおどしている。

「この大会はかなりハイレベルな争いじゃんね。ジュニアっていっても高校生まで出られるし。よそはどこかの大学教授《きょうじゅ》が指導《しどう》してたり、ロボットの塾《じゅく》に通ってたりするじゃんね。個人でやってる小学生なんかは、どう見たって親が作ってる親ロボだし。ぼくたちみたいに、まったく自力でどうにかしようなんてチーム、まずないんだよ」

「それがどうした」

おれがむっとすると、本多《ほんだ》が口をはさんだ。

「あれ……見せたら、難《むずか》しさ、ちいとはわかるんじゃないか」

榊原はうなずき、机《つくえ》のまん中に放りだされていた、よれよれのプリントの束《たば》をとってきた。

「ぼくらは組み立て方すら、まったくわからんかったから、最初は尾張《おわり》の大学の短期講座《こうざ》を受《う》けにいったじゃんね。そこでもらったのがこの――」

榊原《さかきばら》はつかいこまれた紙束《かみたば》をパラパラとめくって見せた。

「説明書。ここにロボサッカーの基本がいろいろのってて、これまでここにのってる例を参考にして、自分好みのロボにアレンジしてきたじゃんね」

そこには難《むずか》しげな記号や図がひしめき合っていた。アレンジといっても色をぬるとか、形をきばつにするとか、そういうことではなく、自分の思うように動かすための工夫、改造《かいぞう》ということらしい。

「たとえばよくルールが変わるんだけど……」

榊原は、フィールドとゴールの図と、だらだらと文字のならぶページを開いた。

「どっちのゴールに入れるかは、床《ゆか》の色やゴールの色で判断《はんだん》させるんだけど、ちょっと前まではグレースケールっていって、片方《かたほう》は床の色が濃《こ》いグレー、片方が白のグラデーションになってたらしいじゃんね。だからセンサーを床にむけて、その色をロボットに判断させてゴールにむかわせてたんだ。それが今は、グレースケールがだん

だんなくなって、床《ゆか》がグリーン一色のカーペットになってきてるから、どっちの方向に入れるかは、別の方法で指示《しじ》するじゃんね。ゴールの色が青と黄だからそれで判断《はんだん》させるとか、今いる場所を察知してどちらの方角へむかうかを考える、方位センサーをつかうとか」

「色と方角で判断するってことか？」

「まあ……ね。それをプログラムで組んで動かすじゃんね」

「プログラムねぇ」

「キットを組み立てただけじゃ動かんから、こんなときはこう動けって教えるじゃんね。どこか改造《かいぞう》したら、それを動かすために、またプログラムを変える。むずかしいけど、こう動かしたいって想像《そうぞう》して、そのためにはどうしたらいいかってあれこれ考えて、何度も試すうちに、だんだん思った通り動くようになると、そりゃたまらんじゃんね」

「ま、わかんないときは、イエヤスが相談にのってくれるからサ」

小早川《こばやかわ》が、にっと笑う。

「いや。難《むずか》しいプログラムは、ほとんどイエヤスまかせだら」

本多《ほんだ》が訂正《ていせい》する。榊原《さかきばら》はそんな空気をかえるようにひと息ついた。

「まずはノブナガくんに、ロボサッカーの大会がどんなものか、見てもらうのがいいんじゃないかな」

なかなかいいことをいう。いくら小学生に見えようが、おれはよいと思うことをいうやつの発言には耳をかたむける。

「あさっての日曜、公民館で尾張《おわり》ロボクラブのデモンストレーションがあるじゃんね。そのあと練習会もあるし。それ、いこまいか」

「じゃあいくとしよう」

すると本多がまゆをよせた。

「けど……イエヤスはいやがるだら」

そしてそっとうしろに目をやった。イエヤスはこっちを見てはいない。

「今はプログラム考えとるからサ、きこえとらんよ」

小早川《こばやかわ》がいうと、本多《ほんだ》はほっと胸《むね》をなでおろした。

「なんでまた」

おれがたずねると、本多はやっぱり背後《はいご》を気にしつつ説明した。

「イエヤスはその……不要な改造《かいぞう》はするな、大学の説明書レベルで十分だ、っていうじゃんね。キモはプログラムだから、それさえしっかりしとればいいって。たしかに自分ら、去年初めてでようわからんかったけど、イエヤスのおかげでそれなりにいい結果をだせた。あれからイエヤスもプログラムにさらに磨《みが》きをかけとるから、まかせとけば去年より上位にはいけるはずじゃんね」

「それとデモンストレーションを見にいくのと、どういう関係がある？」

本多はさらに続けた。

「ほかのチームは、ロボット本体をかなり改造《かいぞう》しとるじゃんね。説明書レベルのことは当たり前で、それ以上に複雑《ふくざつ》になっとる。でもそこまで改造しようとすると、金もかかるし、なによりその……どう改造したらいいか、わからん。だから見にいかんでもいいって」

「わからん?」

今度は小早川《こばやかわ》が説明した。

「おれたちじゃサ、無理なんだって」

「そりゃ、おまえらの頭が足らんからだろ」

本多《ほんだ》も首を横にふる。

「いや……イエヤスは天才やし、榊原《さかきばら》と井伊《いい》だってかなりのもんだけど……この分野はほんとハンパじゃないじゃんね。この近くじゃ、そういうサポートをしてくれるとこもないし。発明クラブの先生たちにきいても畑ちがいだし。だから、尾張《おわり》の大学の講義《こうぎ》を受けにいったんじゃんね」

なるほど、頼《たよ》りになるのはやっぱり尾張《おわり》か。おれは大いにうなずいた。

「それにサ、練習会でこっちの手の内《うち》見せちゃうのも、イエヤス、いやがるじゃん」

小早川《こばやかわ》が、長めの前髪《まえがみ》を、手でさらっとはらいのける。

「でもさぁ、やっぱり見てもらうのが一番じゃない？」

榊原《さかきばら》は話をふりだしに戻《もど》す。

「いいも悪いも、見んと判断《はんだん》できんじゃん。手の内見せるなっていうなら、ぼくらはロボット持っていかんとけばいいし」

榊原、体は小さいが、あのえらぶったイエヤスを恐《おそ》れず発言するとはなかなかのものだ。おれの中で榊原のポイント急上昇《きゅうじょうしょう》だ。

「よし、じゃあとにかくそのデモンストレーションとやらにいくとしよう。だれか案内してくれ」

イエヤスはそのやりとりの間中、とうとう一度もこちらをふりむくことはなかった。

6　デモンストレーション

日曜の朝、けっきょくイエヤスをのぞいた四人が、そろってうちへ呼《よ》びにきた。

「いやぁ、ノブナガんちはサ、イエヤスんちとはまたちがった意味ですごいなぁ」

小早川《こばやかわ》が家の周りの墓地《ぼち》に目をむけそういうと、本多《ほんだ》がうでを引《ひ》っ張《ぱ》ってたしなめた。

「イエヤスんち？」

おれが首をかしげると、本多が説明した。

「あ、いや……自分らみんな共働《ともばたら》きの家でな、ちっさいころからイエヤスんちには世《せ》話《わ》になっとるじゃんね」

「ひとりで家にいるなら、うちにおいでんってサ。おれら、イエヤス組なんていわれてたよな」

ふたりともピントのズレた答えを返す。

「で、どんな家なんだ。その、イエヤスの家は」

ふたりは顔を見合わせ、ふふっと笑った。

「まぁサ、そのうちわかるって」

そして小早川《こばやかわ》は、またずらずらならぶ墓石《はかいし》に目をやった。

「だけどほんと、夜、怖《こわ》くね？」

おれはせせら笑う。

「もう死んでるやつらは、それ以上悪さはしない。生きてるやつらの方が、ほんとは怖いって知らないのか」

小早川は派手《はで》に驚《おどろ》いた。

「ヒャーさすがノブナガ。いうことがちゃうなぁ」

岡崎城《おかざきじょう》を越《こ》え、ごちゃごちゃした街《まち》なみをいくと、いよいよ公民館が見えてきた。

ぼろくて小さな建物だ。いくらでも広い土地があるのに、なんだかみすぼらしい。

本多《ほんだ》たちに続いて公民館の幅《はば》のせまい階段《かいだん》を上ると、右手には会議室が、左手奥《おく》にはちょっとした広さのホールがあった。階段の踊《おど》り場《ば》ふくめ、窓《まど》という窓に暗幕《あんまく》が引かれ、今から映画会《えいがかい》でもはじまりそうな有様《ありさま》だ。そして部屋の奥《おく》のホワイトボードには、〝歓迎《かんげい》　尾張《おわり》ロボクラブ〟と、よくいえば味のある、悪くいえばひどいクセ字で書かれ、すでに三十人ほどが集まっていた。ベッドサイズの木わくがホワイトボードの前にひとつおかれ、その横にはノートパソコンが四台、会議机《かいぎづくえ》の上に用意されている。

「えー。間もなく『尾張ロボクラブ』によるデモンストレーションをはじめます」

どう見たって親父《おやじ》と同年代なのに、まっ赤なキャップに黒のスタジャンという若作《わかづく》りのおっさんが、マイクをにぎっていた。ざわついていた会場はしんと静まり、木わくを囲むように人が集まった。

「ほれ、ノブナガも」

本多にうでを引《ひ》っ張《ぱ》られ、人の頭のすきまから、なんとか木わくが見られる位置に陣《じん》どり、腰《こし》をすえた。

「えー。あらためましてご紹介《しょうかい》します。昨年ロボカップジュニアの全国大会を制《せい》し、世界大会に出場した尾張《おわり》ロボクラブの皆《みな》さんです」

思いがけずでかい拍手《はくしゅ》がわき起こり、小学生八名と引率者《いんそつしゃ》二名が入場してきた。手に手に、決してカッコいいとはいいたがい、配線むきだしの機械の塊《かたまり》をたずさえている。

でかすぎる拍手に、えらそうな大会。

なじめない。

「それでは、さっそくお願いします」

四人の小学生男子が、手にした機械の塊を木わくのまん中あたりにおいた。ふたり対ふたりで戦うものらしい。サッカーというのだから、木わくはサッカーのフィールドのつもりだろう。となれば、両端《りょうはし》に飛びでている四角いポケット部分はゴールのつもりか。それぞれ青と黄に色わけされている。そしてそのゴールの前には、青と黄のバーが遮断機《しゃだんき》のごとくつけられ、ゴールの中にかんたんには入れない構造《こうぞう》になっている。床《ゆか》はグリーン一色のカーペットだ。

四機の機械の塊《かたまり》の前に、この間と同じ、中が丸見えのボールがおかれた。ロボットは円板《えんばん》を重ねた円柱状《えんちゅうじょう》で、角ばってはいなかった。その円板にパーツがとりつけられ、層《そう》をなし、ごちゃごちゃとした配線が目立つ。一チームふたりのうち片方《かたほう》が、つまり各々《おのおの》ひとりずつの代表が、自分のチームのロボットのスイッチに手をかけ、センターラインをはさんでむき合っている。

「三、二、一、スタート」

いっせいに四機が、それぞればらばらに動きだした。

この間理科室で見たものとはまったく異《こと》なり、動きがかなり速い。「おそうじロボット」があわててそうじしようと、あせって動いているようだ。ぐるぐる回ってボールを探《さが》し、見つければすばやくかけつける。ボールをうばい合ってときには相撲《すもう》のように派手《はで》にぶつかり合う。ボールをその円柱状《じょう》の体に当て、シュートする様《さま》は、たしかにサッカーのようにも見えた。でもこれで世界進出といわれると、ピンとこない。世界のレベルはこの程度《ていど》なのか。ときにはぐるぐる回って壁《かべ》にぶち当たり、ぶざまな姿《すがた》もさらす。

たいしたことないじゃないか、とおれは思った。

デモンストレーションは三十分あまり続いた。その間、集まった面々は、ロボットの動きを目を皿のようにして見守り、いったいどうやって動いているのか、その秘密《ひみつ》を探《さぐ》ろうとしているようだった。

先ほどの若作《わかづく》りのおっさんが、再《ふたた》びマイクをにぎった。とたんにキーンと耳に痛《いた》い音がした。

「そろそろお時間になってしまいました」

ロボットのスイッチが止められ、静けさが戻《もど》る。

「きょうはお忙《いそが》しい中、わざわざ遠方からお越《こ》しくださり、ありがとうございました。世界レベルの技《わざ》のすごさを目《ま》の当たりにして、皆《みな》さん勉強になったことと思います。いろいろ質問《しつもん》したいこともあるでしょうが……いかがでしょうか」

おっさんは、うで組みをして立つひげ面《づら》の尾張《おわり》ロボクラブの代表者を、下からちらっとのぞき見た。ひとくせもふたくせもありそうな、そのひげ面は、組んでいたうでをはずすと、わざとらしくのけぞり、両手をばたばた交差させた。

「いえいえ、基本は同じです。特に目新しいことをしているわけではありません。あとは皆《みな》さんの努力と工夫しだいということで。ハハハ……」

本多《ほんだ》は目を床《ゆか》に落とした。

「やっぱりなー。けっきょくなんも教えてもらえん」

同じようにがっくりした顔があちこちに散らばっていた。

「そうですか……。では、盛大《せいだい》な拍手《はくしゅ》でお送りしましょう」

またしてもわれんばかりの拍手につつまれ、尾張ロボクラブの一団《いちだん》はホールから去っていった。

パタンと扉《とびら》がしまり、終わった終わったとおれが立ち上がろうとすると、若作《わかづく》りのおっさんが、「えーー」と長々と声を伸《の》ばした。

「皆《みな》さん。あなたたちはあのデモンストレーションを見て、どう思いましたか」

ほかのやつらはおっさんの話があるのをわかっていたのか、腰《こし》を下ろしたままだった。そして、応《こた》えるようにおっさんのほうに顔をむけていた。

「あれが世界レベル。あれで世界レベル。残念ながらロボカップにかんしては、まだまだわれわれは、勉強不足といわざるをえません。尾張《おわり》のチームに負け、くやしい思いをした経験のある人も多いでしょう。でも三河《みかわ》の中にも、最近、世界進出をはたしているクラブもあるのです。『発明クラブ』が全国トップレベルで活躍《かつやく》する三河。ロボカップでも、もっともっと世界進出をねらえるはずです」

いきなり三河節《ぶし》がはじまった。なんてこった。

しかしこの場のだれもがそれに疑問《ぎもん》を感じていない。おっさんは、決起集会よろしくさらにヒートアップする。

「皆さんがあの尾張のロボットに勝てないはずはない。このあとはフリーの練習会とします。フィールドも全部で四つ用意します。パソコンはとなりの部屋《へや》に用意しました。五時まで自由につかってけっこうです。『打倒尾張《だとうおわり》』。一丸《いちがん》となって三河《みかわ》の底力《そこぢから》アップをねらいましょう！」

先ほどまでよりさらに激《はげ》しい拍手《はくしゅ》がびんびん響《ひび》いた。三河人による三河人のためだけの秘密《ひみつ》集会。ふだんは口にできない思いのたけを、ここぞとばかりぶちまけている。

やれやれ、やってられないな、と立ち上がろうとすると、ななめ後方より、遠慮《えんりょ》のない声がした。

「ばかばかしい！」

声の主は女子だった。思わず興味本位《きょうみほんい》でどんなやつかと顔を見た。

ぞくっとするような美人だ。だれかの応援《おうえん》にでもきたのだろうか。中二くらいか。髪《かみ》は肩《かた》までのストレートで、もちろん天使のリングもしっかり光っている。耳の先が少しだけのぞき、それが冷たい印象《いんしょう》をやわらげ、顔にアクセントをあたえている。でもなんといってもひかれるのはその目だ。深《ふか》く澄《す》んで意味ありげで、なんだか目が離《はな》せない。三河《みかわ》にこういう女子がいるのか、とうれしくなった。

おれがじっと見つめていると、むこうもそれに気づき、まっすぐ見返してくる。なかなかいい度胸《どきょう》をしているじゃないか。

「おれも同感だ」

女子はやや目を細め、鼻のつけ根に小さなしわをよせた。

「見かけん顔じゃん。あんたなにもん？」

なんでその顔で三河弁《みかわべん》？

それでも、この三河一色の中に咲《さ》いた一輪の花だ。話すスピードも動作ものろくはない。ここは仕切り直しと気持ちを切りかえる。

「人に名をたずねるなら、まず自分が名乗るのが先だろ」

そいつは「はーぁ」と大きくため息をつき、そのすてきな瞳《ひとみ》をくもらせ、いかがわしいものを見る目つきになった。

「あんたさ、わたしがだれかも知らんで声かけたってこと？」

いつの間にか集団《しゅうだん》はばらけ、それぞれ自分のロボットをフィールドの中で動かしはじめていた。ジージーというモーター音が響《ひび》く中、周りに部員たちが集まってきた。

それを見て、そいつはわけ知り顔にうなずいた。

「はーん、野球づけの学校のやつらか。ってことは新しく入ったタカピー男ってあんたのこと？　えらそうなこといって、さっきのデモのすごさもわかっとらんのじゃん」

上から目線の、われに敵《てき》なし的ないい方に、さすがにおれもいらっときた。

「きょうはロボサッカーがどんなものか、見にきたんだ。おかげでいろいろ参考になったよ」

女子は目を見開き、人さし指をおれにむけると、その指先をゆっくり上下させた。

「思い出した。あんた、ノブナガっていうんだら？　たしかに……信長《のぶなが》じゃん」

そしてくっといやな笑い方をした。

なんだこいつ！　ゆがんだ笑い。信長をばかにしたようないい方。おれは同じようなからかいを受《う》けたことを思い出した。

あれは底冷《そこび》えのする、サッカー冬の大会、決勝戦の帰り道。一点差で負け、悔《くや》しくて石をけとばし歩いていると、それが二年の一団《いちだん》に当たり、囲まれた。二年生六人に対しおれひとり。やつらは負けたのはおれのせいだとなじった。そして口論《こうろん》になると信長をばかにした。おれはめちゃめちゃ暴《あば》れてやった。するとやつらは恐《おそ》れをなし、逃《に》げていったのだった。

こいつも同じか。

一言文句《もんく》をいってやろうと息を吸《す》いこんだときには、そいつは練習会がはじまったフィールドへと移動《いどう》していた。そしてそのうしろに、背《せ》の低い、髪《かみ》をひっつめてしばった地味な女子がひとり、ちょびちょびとしたがった。まるで姫様《ひめさま》と付《つ》き人《びと》だ。

そいつの姿《すがた》が見えただけで、あたりはどよめき、集まっていた小中高生男子のテンションが一気に上がった。なるほど。これだからつけ上がるわけだ。

小早川《こばやかわ》は悔《くや》しげにその女子の姿を目で追う。

「うわっ、今河《いまがわ》。おれが何回コクったって知らん顔なのにサ、ノブナガと会話してるよー」

本多《ほんだ》もかくんと首を折り曲げる。

「今河んちはもともと駿河《するが》の出《で》らしいけど、江戸《えど》時代から続く旧家《きゅうか》で、姫様扱《ひめさまあつか》いだら。自分らなんか何度顔合わせたって、ろくろく口もきいてくれん。なのにノブナガはいきなりじゃん」

「だよなー。おれなんて、今河《いまがわ》がいるから、わざわざ遠くの塾《じゅく》に通ってんのにサ」

どうやらこのふたりも、あいつを好きらしい。

先ほどのやりとりを思いだし、本多《ほんだ》たちだって、少し話せばあいつがどんなやつかわかるだろうに、と思った。今もお姫様待遇《ひめさまたいぐう》でちやほやされ、フィールドの端《はし》に腰《こし》を下ろしている。そして手提《てさ》げからロボットをとりだし……えっ？

「なんであいつがロボット持ってんだよ」

本多はきょとんとして、あぁ、と声をもらした。

「そっかぁ。いやぁ、まだいってなかったなぁ。今河はこの地区一番の選手じゃんねぇ」

またまた面食《めんく》らって、その女子、今河を見た。今河のロボットは、さっきのデモの物と同じで、円柱状《えんちゅうじょう》である。

「さあさあ、今河の戦いぶり、見よまい」

本多は人をかきわけ、今河のフィールドへと進む。そのうしろに榊原《さかきばら》、井伊《いい》、小早《こばや》川《かわ》も続いた。

「相手はだれなんだ」

そろいの青いT《ティー》シャツを着た小学生男子ふたりが、今河《いまがわ》とむき合っている。本多《ほんだ》は目を細めてふたりを見る。

「あれは……たぶん、最近できたばっかの葵塾《あおいじゅく》のやつらだら」

「ではじめます。三、二、一、スタート」

審判《しんぱん》の合図で、ジーッというモーター音が軽快《けいかい》に響《ひび》く。

四機ともとにかく動きが速い。そして今河のチームはボールをすぐ見つけ、追いかける。葵塾チームがうろうろボールを探《さが》しているすきに、さっとボールに近づきゴールを決める。

「なんであんなに速い？　おまえたちとどこがちがう？」

本多は困《こま》り顔になり、榊原《さかきばら》と井伊《いい》に助けを求《もと》める。榊原はおどおどと目を泳がせ、説明した。

「あの……タイヤが」

「タイヤ？」

たしかに本多《ほんだ》たちのロボットについていた、黒いゴムのタイヤではない。透《す》きとおっていて、つぶれたスーパーボールがいくつもくっつき、球体《きゅうたい》になったようなタイヤだ。

「あれはオムニホイールタイヤっていって、くるくるどちらの方向にも自由に回るから、横すべりもできるし、ななめにもいけるじゃんね」

「ほかには」

さらに問《と》いつめると、榊原《さかきばら》はまた口を開いた。

「モーターがちがう、と思うじゃんね。回転音がぼくらのとはちがう」

「ほかには」

「さぁ……」

意見は出つくしたらしい。

「じゃあ、なんで今河《いまがわ》のはすぐボールを見つける？」

今度は本多《ほんだ》が答えた。

「赤外線《せきがいせん》センサーが……ひとつじゃなく、ふたつか三つついとるんじゃないか」

榊原《さかきばら》もうなずき、さらに意見を述《の》べた。

「だけじゃなくて、ぼくらの知らない、もっと精度《せいど》の高いセンサーをつけてるのかも」

となりのフィールドで戦っていたロボットが急に動かなくなった。ひとりがそれをつかんで持ち上げると、外へでていった。

「なにをしにいったんだ？」

今度はチャラ男《お》の小早川《こばやかわ》が答えた。

「壊《こわ》れたら修理《しゅうり》にいっていいのサ。休憩《きゅうけい》時間もとなりの部屋で修理や調整《ちょうせい》をするし。パソコンがおいてあって、プログラムを変えたりするんだって」

「なに？　プログラムは完璧《かんぺき》にして戦うんじゃないのか？」

今さらなんで変える必要があるのかわからない。

本多と小早川はうまく説明できないらしく、榊原に助けを求めた。

「前半十分、後半十分、間に五分の休憩《きゅうけい》なんだけど、前半と後半で、チェンジコートっていうのか、シュートするゴールが変わるじゃんね。てことはゴールする方向を変えんといかんじゃん？　色や方向で判断《はんだん》させとるなら、そのプログラムを変えんといかん。それがまた細《こま》かい数字の設定《せってい》で、ややこしいんだって。おまけに学校でうまくいったプログラムを入力しても、会場だとうまく動かんことも多いし」

「それはいいかげんなプログラムだからだろう」

榊原《さかきばら》はま顔で首をふった。

「ロボットがたくさんいるからなのか、会場の照明のせいなのか、電磁波《でんじは》の影響《えいきょう》を受けるみたいじゃんね。ほかにも日の光の影響も。もちろん会場も、電磁波や赤外線《せきがいせん》の影響がないよう、機材をおかないようにしたり、カーテンで日光をさえぎったり、ずいぶん配慮《はいりょ》してくれてるけどね。最近、光が点めつするボールに変わったのも、ロボが、照明や外の光と区別しやすくするためじゃないかっていわれてるじゃんね。でもとにかく、うまく動かんかったら、それにあわせてプログラムの数字を変えんといかんのだって」

「ふーん、そういうものか」

そのうち休憩《きゅうけい》になった。

今河《いまがわ》のうしろにくっつき、となりの部屋《へや》へいくと、関係者以外は入れないと断《ことわ》られた。それぞれの机《つくえ》にパソコンがおかれ、はんだづけのにおいがし、緊迫感《きんぱくかん》がただよっている。

「間もなく試合開始です」

審判《しんぱん》の声がこちらの部屋の入り口まで届《とど》く。部屋の中はいっそう殺気立《さっきだ》ち、作業に没頭《ぼっとう》している。

「十、九、八、……スタート」

スタートの声ぎりぎりでそれぞれフィールドにかけもどる。またしてもジーッというモーター音に会場は満たされる。

葵塾《あおいじゅく》チームを見ていると、一方のロボットの下の部分に、小さな板のようなものがついており、ボールがくると、けるような動きをしていることに気づいた。

「あれはなんだ」

また榊原《さかきばら》が答えた。

「キッカーじゃんね。ボールが当たったら動くように、プログラムされてるんだら」

榊原は知識《ちしき》が広いようだ。つかえるのは榊原か。

見ていた試合は、五対〇で、今河《いまがわ》の圧勝《あっしょう》だった。

「で、なんであいつはあんなに強い？」

これには小早川《こばやかわ》が答えた。

「うわさだけどサ、専門《せんもん》の家庭教師《かていきょうし》がついてるらしいよ」

それからもしばらく試合を見ていたが、それ以上得るものはなかった。というか見ていてもわからなかった。

おれたちは無言で会場をあとにした。

7　いけすかないイエヤス

「きのうはなかなか参考になったな」

おれがそういいながら第一理科室へ入っていくと、すでにほかのメンバーはきていた。ロボットとノートパソコンを実験テーブルの上におき、動きを確認《かくにん》してはメモしている。

本多《ほんだ》はあわてて立ち上がり、きょうもまた、ひとりだけうしろの机《つくえ》でパソコンにむかうイエヤスをかばうような位置に立った。そしてうでで大きなばってんを作り、その話はするなとジェスチャーでうったえてきた。

「かくすことないだろう。尾張《おわり》ロボクラブのデモも、そのあとの練習会も、なかなかおもしろかった」

本多はいってもむだと察したらしく、ため息まじりにぱたんといすに座《すわ》った。

イエヤスが、ふいにこちらをむいた。きょうはプログラムを組んでいたのではないらしい。

まずはおれをとくとながめ、それから残る四人の部員たちに順に目をやった。

「なんだ。きみたちはあんなものを見にいったのか」

いわれたとたん四人はしょげ返り、しっぽを丸めた犬のようになった。

おれはイエヤスの前に立ちはだかった。

「いや、おかげで問題点もはっきりしたぞ」

するとイエヤスは、ほう、とわざとらしく驚《おどろ》いた顔をした。

「たとえばどんなところが？」

おれはひとつずつ数え上げた。

皆《みな》、動くスピードが速いこと。

勝つチームはボールを見つけるのが早いこと。

キッカーをつけるとシュートが確実《かくじつ》になること。

ついでにおれのアイデアも披露《ひろう》した。

二機をフォワードとディフェンダーに持ち場をわけた方が、攻撃《こうげき》用、守備《しゅび》用、と機《き》能《のう》もわけて作れるし、点を入れられずにすむのではないか。

本物のサッカーではドリブルやパスが大切だ。そういう動きを入れたらどうか。妨害電波《ぼうがいでんぱ》を出すとか、いったんボールを手にしたらとられないよう、足元にすぽんとかくす構造《こうぞう》にしたらどうか。

なぜか榊原《さかきばら》と本多《ほんだ》が、こそっと目と目をあわせた。

イエヤスは表情《ひょうじょう》を変えない。だがほんのわずかに片《かた》まゆが上がったように見えたのは、気のせいだろうか。そしてひと息ついたほどのタイミングで、こういった。

「まったく現実的《げんじつてき》じゃないね。目先にとらわれ、なんでも新しい物をとり入れればいいと思いこんでいる。だからいかなくていいといったんだ」

口をとがらせ、怒《おこ》っているのがわかる。

「ノブナガくんに今年のルールを見せてやれ」

イエヤスがそういい、本多《ほんだ》が文字や図でうまった数枚《すうまい》の紙を持ってくると、イエヤスはそれをおれに突きつけた。

「公式ルール。これを読めば、妨害電波《ぼうがいでんぱ》もボールをかくすのもだめだということがわかるだろう。そんなに改造《かいぞう》したら、高さ制限《せいげん》・重さ制限を超《こ》えて車検《しゃけん》を通らない」

「車検？」

「試合の直前に行うんだ。そんなことも知らないきみにとやかくいわれたくないね」

おれはイエヤスに突きつけられたルールの紙を押《お》しもどした。

「おれはたしかになにも知らない。しかしアイデアならいくらでも思いつく。プログラムのプロだというおまえ、そしていろいろ知識《ちしき》のある榊原《さかきばら》が、おれのアイデアをもとに改造《かいぞう》すれば、いいものができるんじゃないのか」

イエヤスはくちびるをわなわなと波立《だ》たせている。タカピーだから、おれの指示《しじ》に従《したが》えといわれたことが、さぞや腹立《はらだ》たしいのだろう。

「話にならんね」

「まあまあふたりとも」

本多《ほんだ》が間に入った。

「これまで自分らは、けんかなんてせずに、ずーっと仲《なか》よくやってきた」

「そうじゃなくて、イエヤスのいうままに動いてただけだろう」

本多は口をつぐみ、ごくっとつばを飲みこんだが、すぐまた気をとり直した。

「多少意見のかみ合わんとこもあるだろうけど、勝つっちゅう目的は同じだら？　だからここは手をとり合って……」

「そうだ！」

おれはあることを思いついた。

「電子部品なら大須《おおす》のアメ横《よこ》が専門《せんもん》なんじゃないか？　今度の休み……は中間《ちゅうかん》テスト中か、その次の休みあたり、一度大須にいって、いろいろきいてくるってのはどうだ？」

今度はイエヤスふくめ全員が、動きを止めた。

「大須《おおす》って……名古屋《なごや》の、か？」

「そうだ」

「自分らだけで、名古屋にいくのか？」

「親がついてくることじゃないだろう」

やつらのあわてぶりを見てわかった。三河《みかわ》をでるのが怖《こわ》いのだ。三河武士《ぶし》は、ここでないと力を発揮《はっき》できないのだ。

「そうそう、きょう顧問《こもん》の酒井《さかい》ティーチャーに、小づかいはたいていロボキットを注文してきた。おれも大須にいくまでに作ってみる。榊原《さかきばら》、教えてくれるか」

榊原は自分が？　と目を丸くしていたが、部員たちの顔を見回し、ようようなずいた。

「とにかく、改造《かいぞう》に興味《きょうみ》のあるやつはついてこい」

三河武士どもは、心もとない顔でおれをじっと見ていた。

8　大須《おおす》へ

ロボキットが届《とど》くとすぐ、おれは榊原《さかきばら》に教わりながらそれを仕上げた。はんだごてやらニッパーやら、ふだんあまりお目にかからない道具をつかって作るのだが、三日ほどで、きちんと完成させることができた。

初めは機械のおもちゃくらいにしか思っていなかったが、小さな穴《あな》だらけのプラスチックの板に、ロボットの頭脳《ずのう》というべき電子部品をいろいろとりつけ、センサーに反応《はんのう》して動くのを見ると、やっぱりうれしかった。ネームプレートに〝ノブナガ一号〟の略《りゃく》、〝N《エヌ》―1《ワン》〟と書きこむと、気分が上むき、大須《おおす》へいくのが楽しみになってきた。

しかし中間《ちゅうかん》テストの結果はショックだった。意外にもおれは学年で二位だったのだ。

これまで名駅中《めいえきちゅう》では、いつもダントツ一位だった。一位はというと、イエヤスらしいときこえてきた。

「最高点は四九八点だと」

「人間業《にんげんわざ》じゃねー」

「どうせイエヤスだら」

「あいつは、一度きいたことは忘《わす》れられんらしいじゃんね。いやなこともみーんな覚えとる苦しさ、わかるかーっていわれたことがある」

おかげでますますイエヤスがきらいになった。

中間《ちゅうかん》の終わった週の土曜、もよりの駅にいくと、部員は全員きていた。あんなに反発していたイエヤスまでも。ただし皆《みな》とは少し離《はな》れ、ひとりだけうでを組み、えらそうに立っている。カーキ色のストレートのだぼっとしたパンツにグレーのポロシャツ。前立てにボタンがならんだこげ茶の上着。少し飛びでた腹《はら》といい、どう見てもつきそいの親にしか見えず、離れていてくれてありがたい。

だが残る部員たちのいでたちも、相当なものだった。ひとことでいえば……ダサい。そういえば公民館には学校のジャージできていたし、まともに私服を見るのは初めてだ。

小学生ふたりは、良家のお子様風のベージュのパンツに、黒っぽいトレーナー。これではますます小学生に見える。本多《ほんだ》は、くるぶしが丸見えの丈《たけ》の合わないパンツに、チェックのネルのシャツ。その上に体育会系部活《たいいくかいけいぶかつ》のようなウインドブレーカー。今っぽいちょいワル風な着こなしをしているのは、小早川《こばやかわ》ただひとりだ。だが、町のワルどもにからまれなければよいがと、おれはひそかに気をもんだ。

それにしてもこの駅はなんともうらさびしい。南北には第三セクターの路線が走り、東西には大動脈の名鉄本線《めいてつほんせん》が走る。そのふたつの駅がくっついているというのに、まったく活気というものがない。ロータリーもひと目で見わたせるが、店らしきものもなにもなく、自販機《じはんき》が二台おかれているだけ。そのうちの一台はライトが点めつをくり返している。

そして時刻表《じこくひょう》を見て、開いた口がふさがらなかった。普通《ふつう》列車しか止まらないのだ。まあ、自販機《じはんき》くらいしかないしょぼくれた駅前ロータリーを見れば、およそ想像《そうぞう》はついたが、一応《いちおう》、ほかの路線との乗りつぎ駅だというのに。

とおり過《す》ぎる特急および急行列車を苦々《にがにが》しくやり過ごしながら、おれはホームをいったりきたりして、なかなかこない列車を待ち続けた。

ようやく停車した車両に乗りこむと、本多《ほんだ》と小早川《こばやかわ》のテンションは、一気に上がった。見えてくる景色《けしき》に大さわぎし、ギャグを連発する。ふたりに榊原《さかきばら》も加わって、三人が思いつくままにしゃべるものだから、うるさくてかなわない。

イエヤスはひとり、むすっとしたまま離《はな》れてつり革《かわ》につかまっている。やむなくついてきた、といわんばかりだ。

「まさかおまえもくるとは思わなかったな」

おれが声をかけると、そのちっこい目をちろっとむけ、不機嫌《ふきげん》なまま答えた。

「予定が急になくなったし。きみたちだけでいかせるのはちと心配だからね」

どこまでも感じの悪いやつだ。

いよいよ名古屋《なごや》のビル群《ぐん》が見えてきた。ぐにゃっとねじれた形のビル、ガラスにおおわれたビル、ツインタワーとよばれる駅ビル。人の知恵《ちえ》と力で築《きず》き上《あ》げた街《まち》なみは、見ているだけでぞくぞくする。そこにあふれる人の波のリズムは、おれの血をわきたたせる。ああ、帰ってきた！　そう思うと、指の先まで熱い血がよみがえる。

三河武士《みかわぶし》はというと、さっきまでのテンションはどこへやら。見るからにおじけづき、たがいによりそい、くるべき敵《てき》にまとまって立ちむかおうと決死の覚悟《かくご》をしているようだ。

いい感じだ。きょうはとことん尾張《おわり》名古屋を見せつけてやる！

人があふれる名古屋駅。中高生がずらっとならぶ店がある。おれがいないうちに、新しいカラオケ屋ができたらしい。あれはテレビで紹介《しょうかい》していたカフェだ。目新しい、おもしろグッズを売る店も。通路にはられたポスターは、新作映画《えいが》に、近日発売のスマホに……。ああ、こうでなくっちゃ。

この活気に飢《う》えていたおれは、店のウインドウやら広告やらにすばやく目を走らせていた。

一方三河武士《みかわぶし》たちは、とにかくおれを見失わないでついてくるだけで必死だ。このわくわくする情報《じょうほう》にあふれた街《まち》も、やつらにとってはただのさわがしくて危険《きけん》な街でしかないのだろう。地下鉄の乗りかえとなると、おれのうしろにぞろぞろと、遠足のようについてきた。

「おい、そんなにくっつくなよ」

流れにのってせかせか歩き、引《ひ》き離《はな》す。

そうだ、このテンポ。頭もどんどんさえていく。

イエヤスなどは、切符《きっぷ》もすべて本多《ほんだ》が代わりに買い、まちがえて乗らぬよう、つねに目配りされている。

まったく大きなお子ちゃまだ。

こうしてどうにかアメ横《よこ》のある大須《おおす》に到着《とうちゃく》した。

地上に出ると、ピシッと痛《いた》い風が顔に当たった。ビル風《かぜ》だ。それらしきアーケード

の見える方角に進むにつれ、人が増《ふ》える。

名駅《めいえき》からは地下鉄で八分くらいのところだが、おれだって大須《おおす》なんてきたことはない。名古屋《なごや》や栄《さかえ》といったファッション街《がい》とはちがう、独特《どくとく》なテイストの街《まち》だ。オタク文化あり、エスニック系《けい》あり、カワイイ系あり、巣鴨《すがも》のおばあちゃん系あり。ようするになんでもありの商店街《しょうてんがい》だ。ここを好きだというやつもいるが、おれは、こういう濃《こ》い世界は興味《きょうみ》がなく、わざわざきたいと思ったことはなかった。

広い通路のまん中に特設《とくせつ》会場が作られ、名も知らぬ素人《しろうと》くさい男が、ギター片手《かたて》に路上ライブをしていた。そこを中心に人だかりがしている。

ちょうどいい。おれは、かたっぱしからロボット関係のパーツを売っている場所はどこかとたずねた。しかし、路上ライブを聴《き》いている客層《きゃくそう》とは異《こと》なるのだろう。たいがいはこちらをちらっと見ただけで、さりげなく離《はな》れていってしまう。中学生の野郎《やろう》ばかりの集団《しゅうだん》が、突然《とつぜん》そんなことをきいてきたら、やっぱり引くだろう。おまけに相手をびびらせるほどの体格《たいかく》の本多《ほんだ》に、不気味《ぶきみ》な中年風殿様《とのさま》、イエヤスがいるのだから、やむをえない。

いったい何人目だったろう。ようやくまともに答えてくれる人に当たった。

いかにもオタクっぽい高校生のふたり連れだった。それによると、ロボットの専門《せんもん》店《てん》があるらしい。そこまでのいき方を三回もきき、おれたちは動いた。

家電量販店《りょうはんてん》ほどの大きさのビルの一階にそれはあった。ビルの中に入ると、両うでを広げたらぶつかりそうなせまい通路が何本もあり、その両側に、小さな店がならぶ。オーディオの部品だけを扱《あつか》う店、パソコンの部品がならぶ店。かと思えばコスプレ用の商品をならべていたり、占《うらな》いの店があったり。ビルの中も商店街《しょうてんがい》同様、なんでもありだ。

「うほおーっ」

部員たちは、これまで見たこともないほど目を輝《かがや》かせた。興奮《こうふん》して見ているのは、ネジだったり、わけのわからない部品だったり、おれにはなにをするものなのか、見当のつかないものばかりだ。

しばらくビルの中をまっすぐ進むと、ようやく探《さが》していたロボット専門店《せんもんてん》のエリアにたどり着いた。

土曜だというのにここは意外と人が少ない。中学生六人の集団《しゅうだん》は暑苦しく、場ちがいな感じだ。小さな部品をちまちまとならべているブースと、一般《いっぱん》ウケしそうなおもちゃのロボットを扱《あつか》っているブース、そして〝ロボット教室〟とはり紙がされ、親子でかんたんなロボットを作っているブースがある。そこに店員がふたりいたが、作り方を教えるのに手いっぱいで、おれたちには声もかけない。

おもちゃのロボットとロボット教室のブースは明るく開放的だが、部品をならべているところは、そこだけまったくカラーがちがうというのか、マニアックな世界だった。そのブースにおかれたモニターは、ロボカップやロボカップジュニアのデモンストレーション映像《えいぞう》を流し続け、サッカーをする人型《ひとがた》ロボットや踊《おど》るロボット、部活でつかっているタイプのロボットが試合をする様《さま》が、映《うつ》しだされていた。

「うわっ。オムニって、こんな高いん？」

榊原《さかきばら》が値札《ねふだ》を見て思わず飛びのいた。

「それになに？　このメカナムホイールって。なんだかビンの王冠《おうかん》みたいに見えるけど」

榊原も知らない新しいパーツらしい。

「方位センサーは……えっ？　なんだこの値段《ねだん》！」

本多《ほんだ》もしかめっ面《つら》になる。そして周りを見回し、声を上げた。

「おっ。あれは」

ノートパソコンのキーをたたいている男がいた。画面は学校でつかっているプログラムのソフトと同じである。店の制服《せいふく》でないところを見ると、アルバイトだろうか。

大学生らしきその男は、まさにこのブースのどんより暗いイメージの中から、ぬけでてきたような男だった。いくらバイトとはいえ、客がきてもまったく知らん顔。ひたすらプログラムに集中している。

本多は、すごく気にしているくせに、遠くからながめるばかりでなにもしない。いざというとき圧《お》しの一手《いって》が足りない。おれは本多《ほんだ》の代わりに声をかけてやった。

「それ、ロボットのプログラム、だよな」

男はこちらを見もしないでかったるそうに答えた。

「そうだけど」

周りにとんちゃくしない投げやりな態度《たいど》に、本多はますます身をこわばらせている。おれはむっとしつつも再《ふたた》び声をかけた。

「おれたち、中学の部活でロボカップジュニアをめざしているんだ。ただその……指《し》導者《どうしゃ》がいない。ここならなにかヒントが見つかるんじゃないかと思ってきたんだ」

男は知らん顔で、こちらを見る気配はさらさらない。

なんてやつだ、とカッとする。壁《かべ》にむかって話しているようだが、怒《いか》りを殺し、声をかけた。

「わからないことばかりでな。改造《かいぞう》のマニュアルでもあるとうれしいんだが」

男は、これ見よがしに、はぁといやらしいため息をついた。そしてパソコンを見たまま暗くて迫力《はくりょく》のある声でつぶやいた。

「指導者《しどうしゃ》がいない？　改造《かいぞう》のマニュアルだ？　自分で工夫するのがロボカップだって
わかってねえのかよ！」

なんだ、この態度《たいど》は！

おれはついにブチ切れた。

「店員のくせに、なに、客にえらそうなことといってんだ！」

おれが身を乗りだしかみつくと、本多《ほんだ》と小早川《こばやかわ》が、おれのうでをそれぞれつかんで
しがみついた。だがここで引き下がれるか！

「おれは店員じゃない。プログラムを頼《たの》まれてるだけだ」

「なにーっ」

おれがそいつにつかみかかろうとすると、本多たちは全体重をかけ、おれを引きと
めた。

と、イエヤスがうでをうしろで組み、腹《はら》をつき出し、視察《しさつ》にきたどこかの知事かと

見まちがうような態度《たいど》で、たっぷり時間をかけておれの横へやってきた。そして首を伸《の》ばしパソコンをのぞきこむと、ぱちぱちと拍手《はくしゅ》をした。イエヤスは心からしているつもりらしいが、からかっているようにしか見えない。なんだかばかばかしくなり、おれも暴《あば》れるのをやめた。

「このプログラムは、すごいね」

イエヤスがいうと、男はあっけにとられていた。

「おまえ……も中学生か？」

男はイエヤスのでっぷった腹《はら》と老《ふ》け顔を何度も見くらべる。

「まあ」

イエヤスはもったいぶって答える。

「このプログラムのすごさがわかるのか？」

「少しは」

イエヤスはガラにもないことをいった。男は、この、おそらくでくわしたことがないであろう、みょうちきりんな男をどう扱《あつか》うべきか迷《まよ》っていた。しばらくイエヤスを上から下まで観察したのち、無言でモニターをくるっとこっちにむけた。イエヤスは視力検査《しりょくけんさ》でもしているように、目を走らせた。

「ここでこの指示《しじ》がくるのか。矛盾《むじゅん》はしないのか？」

男はあらためてイエヤスを見、慎重《しんちょう》に答えた。

「するどいな。今そこをどうクリアするか、考えてる最中だ」

男が完全にイエヤスに心を許《ゆる》した、とは見えなかったが、それでもふたりは、ふたりだけに通じる言語であれこれやりとりを続けた。ときおり「そんなこと知ってるのか」だの、「なるほどその手があったか」だの、興奮《こうふん》した男の声がする。最初に声をかけたおれはほったらかしだ。

おれは本多《ほんだ》たちの手をふりほどき、ふたりから離《はな》れ、店内をうろうろした。それでも注意はつねにそちらにむけ続けた。

「おまえなら、改造《かいぞう》のマニュアルなんていらないだろう」

男がいうと、イエヤスは答えず口元だけで笑い、ごまかしていた。

「そうだ、あれ、見せてやろう」

男はカチャカチャとキーをたたき、なにかの映像《えいぞう》を見せた。

「四年前の地方のノードで見たロボットだ」

そいつはオムニではなく、さほど速く動いてはいなかった。前面中央にタイヤのようなものがふたつ、縦《たて》むきにならんでついているのが特徴《とくちょう》だ。ボールに近《ちか》づくと、そのタイヤがぐるぐる内むきに回転をはじめた。ボールは、そのタイヤに当たって小さくはずむ。ロボはゴールを目指す。それはまるでドリブルをしているようだった。ゴールのまん前までくると停止し、タイヤの回転が外むきに変わった。と同時に足元につけられた小さな板が、力強くボールを押《お》し、シュートした。ドリブラーとキッカーをかねそなえたロボットだった。

「うわっ、すごい」

榊原《さかきばら》が興奮《こうふん》してイエヤスを押しのけるような勢《いきお》いで画面に食《く》いついた。

「公式ルールに『ホールドとみなさない唯一《ゆいいつ》の例外は、回転ドラムをつかってボールにダイナミックバックスピンを与《あた》え、ボールをロボットの表面にキープすること』なんて書いてあるけど、どういうことか想像《そうぞう》もつかんかったじゃんね。ふうん、こうやってドリブルすればいいんだ」

「これを見てからおれもドリブラーにとりつかれてな。いろいろやってはみたんだが、なかなか」

イエヤスは人さし指を一本つき立て、身を乗りだすようにして男を見た。

「もう一回、見せてはもらえないか」

「あ、ああ、いいけど」

男は迫力負《はくりょくま》けしてもごもご答える。

再《ふたた》びドリブラーの映像《えいぞう》が流れる。シュートを終えると、イエヤスはまた催促《さいそく》する。

榊原《さかきばら》と井伊《いい》もそのうしろにやってきて、動きを見守る。そしてまた指を一本つき立てる。

こうしてイエヤスの気がすむまで、映像《えいぞう》がはてしなくリピートされ、男もかなりまいっているのが、はた目にもわかった。異様《いよう》な集中力で見入るイエヤスの姿《すがた》は、近よりがたいものがある。しまいには再生《さいせい》するのをやめ、代わりに男がなにかメモしてイエヤスにわたそうとした。

「おれと組んでる友人のブログだ。オムニのつけ方や、これまでのとり組みをある程《てい》度《ど》は公開してる」

イエヤスは、メモを受けとるでもなく、無言で男を見つめている。

「おれたちも指導者《しどうしゃ》なしでずっとやってきた。ロボット塾《じゅく》だの大学だので教えてもらってるやつらに勝てなくて、悔《くや》しい思いもした。ただな」

そこで男は、ないしょ話をするように声を落とした。

「おれたちが勝てるとしたら、オリジナリティだ。このドリブラーをつけたロボットも、塾《じゅく》とかのじゃないって話だ。おまえならこれ以上のロボットができるかもしれない。おれはもう年齢《ねんれい》でアウトだけど、おまえはまだやれるじゃないか。がんばれよ」

男はメモをイエヤスにぐっと押《お》しつけ、エールを送った。

けれどもイエヤスは殿様《とのさま》だった。わずかに頭を下げただけで、さっさと店をあとにした。イエヤスの足りない分をおぎなうように、本多《ほんだ》と榊原《さかきばら》がぺこぺこ頭を下げていた。

家電量販店《りょうはんてん》のような店をでてアーケードに戻《もど》ってくると、本多がにこにこ顔になった。

「とにかく、収穫《しゅうかく》があってよかったじゃんね」

おれは、もろもろの腹立《はらだ》たしいことは、相当無理してぐっと押しこめた。

「そうだな。イエヤスがあれを見て、改造《かいぞう》するのも悪くないと思ったんなら、たしかに大収穫だな」

たらたらと前を歩いていたイエヤスは足を止めた。

「きみたちはいったいなにを見てきたんだ?」

そしてうしろ手を組み腹をつき出した。

「改造《かいぞう》は思った以上に高くつく。そのわりにたいしたことはできない。これはやはり、むだな改造はするなということだ」

本多《ほんだ》もさすがにだまっちゃいなかった。

「で、でも、何度も見せてもらったんは、ドリブラーやらキッカーがいいなぁ、と思ったからだら?」

「あれはレベルがちがいすぎて、参考にもならん」

「でもイエヤスなら、まねできそうやから、何度も見とるんだと思ったじゃんねぇ」

本多にしてはめずらしく、しつこかったが、イエヤスはとり合わない。おれも少し本多をフォローしてやる。

「きょうは、改造に興味《きょうみ》のあるやつはついてこい、とおれはいったはずだ。だからおまえも興味があるんだと思っていたけどな」

「きみたちだけでは心配だからきたのだよ」

どうどうめぐりになってきた。イエヤスはゆずらず、もちろんおれもゆずらない。

そのとき小早川《こばやかわ》が、横あいからひょこっとおれたちの前に飛びだした。

「ね、おれ腹《はら》へった〜。とにかくサ、なんか食べん？　ノブ、どっかいいとこ知っとる？」

こいつはムードメーカーか。小早川の「つかえる」一面を知り、おれは少しばかり機嫌《きげん》を直した。

「そうだな。せっかくここまできたんだから、スタバか？　タリーズか？　うーん。最近人気のベーカリーカフェも近くにあるらしいし。なんでもあるぞ」

本多《ほんだ》は遠慮《えんりょ》がちに小声でいった。

「その……。そんなすごいとこじゃなくてもいいだら？　……ハンバーガーは？」

敵地《てきち》であるなれない尾張《おわり》。けっきょく、どこにでもあるファストフードチェーンが安心、ということらしい。

その後もなんだかテンションは下がりっぱなしで、めずらしくもないバーガーやらポテトやらを静かにぼそぼそ胃に流しこんだ。イエヤスは貝になった。安いハンバーガーは口に合わないのか、ポテトを少しつまんだだけで、あとはコーヒーを三度もおかわりしていた。それも自分がとりにいくのではなく、小早川《こばやかわ》にいかせてだ。

たしかにイエヤスは、さっき改造《かいぞう》に心がゆれた、と見た。でなきゃ、あんなに何度も見ないはずだ。なのにこの態度《たいど》だ。

そんな部員たちといるのにうんざりだった。せっかく名古屋《なごや》まできたのだ。テンポの合わない、じめじめしたやつらとつるんでいることはない。

おれは皆《みな》と別れ、名古屋駅に戻《もど》り、ゲーセンやら大型《おおがた》書店やら、ぐるぐるさまよった。

ひさびさの名古屋は、そこにいるだけでおれを元気にさせ、身も心も軽くした。このままここにいたい。強くそう思った。だがあたりが暗くなり、店のイルミネーションがきらきらまたたきはじめ、しぶしぶ帰りの電車に乗った。

どんどん気がめいる。気分は最低だ。そして家へたどり着いてもなお、その気分を引きずったままだった。

9 親父《おやじ》とのみぞ

すでに八時を回っていた。秋の日は短い。親父とかーさんは土鍋《どなべ》をテーブルのまん中におき、無言でにらみあっていた。白菜としらたきが、困《こま》ったようにテーブルのすみに追いやられている。今夜は水たきらしい。鍋はぐつぐつ煮《に》え、湯気がもわりと立ち上る。なのにふたりは、はしも持たず、なんとも寒々としている。「おかえり」もなければ「どこへいっていたんだ」ともきかれない。それがよけいにこの空気を気まずくしている。

おれはだまってテーブルについた。と、ふたりははしを持ち、だまって鍋をつつきはじめた。親父はしらたきをつかもうとして何度も失敗し、あげくはなにもつかんでいないはしをポン酢《ず》にひたし、それを口に運んだりしていた。

かーさんが思い切ったように声を発した。

「こんな時間まで、どこいってたの」

「ちょっと」

「ちょっとって時間じゃないでしょ。もしかして……名古屋《なごや》にいってたの?」

少し迷《まよ》ってから、おれはぼそっと答える。

「ああ」

ふたりは顔を見合わせた。

「名古屋でなにしてきたの」

おれは答える気になれない。

「たまにはいきたい気持ちはわかるのよ。でもね、だまっていくから心配でしょ。それもこんな時間まで」

かーさんが、はれ物にさわるように、気をつかいながら一言ひとことゆっくりと話す。それがなんだかむしゃくしゃする。

親父《おやじ》はというと、テーブルの端《はじ》をまばたきも忘《わす》れてじっと見ている。体は小刻《こきざ》みに震《ふる》えている。これからなにかをいおうとして緊張《きんちょう》しているのか、なにかにおびえているのかまではわからない。その震《ふる》えがおれと親父《おやじ》の間にぴりぴりした空気を生みだし、その空気はどんどん広がっていった。電気でもおびているようで、皮《ひ》ふが痛《いた》くなってくる。

「まだ……名古屋《なごや》から離《はな》れられないのか……」

親父は思いつめたようにテーブルの端《はじ》を見つめ続ける。

「いつになったら……わかるのか……」

ぴりぴりした空気に落とされた親父のつぶやきは、おれの導火線《どうかせん》に火をつけた。

「うるっさいな！　名古屋にいってなにが悪い！」

かーさんまでもが首をすくめた。

ダン！　と大きな音を立て、おれはいすから立ち上がった。ふたりともすぐさま頭を抱《かか》えた。おれは親父のすぐ横に立ち、荒《あら》い息で親父を見下ろした。親父は背《せ》を丸め、ぶるぶる小動物のように震えている。

臆病者《おくびょうもの》め！

こんなやつ、なぐりたおしてやる！

そのとき、信長《のぶなが》が、親父《おやじ》の位牌《いはい》にむかって香《こう》を投げつける場面が、頭をよぎった。

あれは親父との決別宣言《けつべつせんげん》だ。理解《りかい》しあえない親子というのは、きっぱり別れた方が、おたがいのためなのだ。へたにからむから、こじれ、よけいにみぞが深まる。

おれはふいに頭が冷えた。そして親父をじっくり観察した。

こんな意気地《いくじ》なし野郎《やろう》、なぐる価値《かち》もない。今こそ決別宣言すべきときだ。

窓《まど》の外を見た。あたりはぞっとするほどの闇《やみ》だ。それがなんだ、と思った。

おれは部屋を飛びだした。

「ノブ、待って！」

かーさんの声がして一度だけキッとすばやくふり返ると、親父がへなへなとその場にへたりこむのが見えた。

外へ出たとたん墓《はか》に囲まれ、両側《りょうがわ》からむわっと押《お》しつぶされるような空気の重さを感じた。前だけを見るようにして、川原をめざしてかけた。

闇《やみ》がとぐろを巻《ま》いている。決してわかりあえない親父《おやじ》のこと、部員たちのこと。今の心の内をさまよっているようだ。

おれは闇にのみこまれてしまわないよう、体をしならせ、腹《はら》の底から叫《さけ》んだ。

「ばっかやろう！」

その声は冷たく凍《こお》った闇を切《き》り裂《さ》き、波紋《はもん》のように広がっていった。

10　機械と話す男

大須《おおす》にいった翌週《よくしゅう》、第一理科室の戸を開けると、部内はこれまでとはちょっとちがう空気に満ちていた。

イエヤスはきょうも変わらずうしろでパソコンにむかっている。だが残る四人はひとつのテーブルに集まり、顔をつき合わせ、かといってしゃべるわけでもなく、はぁ、とため息を連発している。

「どうしたんだ」

おれが入っていくと、四人はさっとこちらを見て、またふう、と肩《かた》を落とした。

「改造《かいぞう》計画はどうにかなりそうか？」

おれは榊原《さかきばら》にたずねた。

「ブログ、見てみたじゃんね」

ほかの三人も見たらしく、そっとうなずく。

「すぐできそうな改造《かいぞう》もあったよ。たとえばモーターをミニ四駆《よんく》のに変えるとか」

「ふむ」

「メカナムホイールって新しいホイールのことものってたよ。オムニの進化系《しんかけい》で、一円玉くらいの、銀色の王冠《おうかん》みたいな丸い板の周りに、いっぱい風車の羽根みたいにぼうが伸《の》びてて、その一つひとつに、アーモンド形のゴムがついてるじゃんね。前後左右自由に動けるみたいだけど……」

「で？」

「でも……とにかくオムニとかキッカーとかなにかつけようと思うと、プログラムをかなりいじらんとだめだ、ってわかったじゃんね……」

つまりはイエヤスが「うん」といわないとむずかしい――イエヤスしだい、ということらしい。

「おまえらだってプログラムぐらいなんとかなるだろう」

本多《ほんだ》は力なくとろんとした目をおれにむけた。

「ノブナガもプログラムをやってみりん。そうすりゃどんなにむずかしいかわかるから」

たしかにおれはロボットを作っただけで、動きのチェックのためのプログラムしか組んでいない。さっそく本多《ほんだ》にでも教わろうとすると、本多は首をふった。

「こっから先はイエヤスに教えてもらいん」

そういってつきはなすと、残る三人も申《もう》し合わせたようにうんうんうなずく。

「べつにおまえらで十分だ」

あんなやつにものを教わるのは、まっぴらごめんとおれは辞退《じたい》した。

「いやいや、そういうなって。イエヤスはその……レベルがちがうじゃんね。なんしろ機械と話ができるで」

「はあ?」

わけのわからないまま文字通り背中《せなか》を押《お》され、おれは教室のうしろへ連れていかれた。

「イエヤス、その……ノブナガにプログラムを教えてやってほしいんだけど」

本多《ほんだ》が、ご機嫌《きげん》をうかがうように頼《たの》みこむ。

きょうもプログラムを組んでいる最中だったのか、汗臭《あせくさ》い男らがすぐ横で声をかけ、とり囲んでいるというのに、イエヤスはなかなか気づかない。

「イエヤス！」

小早川《こばやかわ》がどなると、ようやくゆっくり太い首を回した。

「なんだ、いたのか」

冗談《じょうだん》のようだが本当に気づいていなかったらしい。

再《ふた》び本多が、プログラムを教えるように頼《たの》んだが、イエヤスは気乗りしないふうだった。

「今思いついたことがあって、そのプログラムを組んでいるとちゅうなんだ」

「わかるけど……これじゃんね」

小早川《こばやかわ》に、おれのN《エヌ》―1《ワン》を持ってこさせると、本多《ほんだ》は強引にイエヤスの手を開いてのせた。

とたんにイエヤスの目の色が変わった。宝石《ほうせき》を扱《あつか》うように、そっと、時間をかけてじっくり観察。そして音を立てないよう気をつけてパソコンの横においた。

今まで見ていたパソコンの画面を切りかえ、画面を新たなものにする。長方形のわくが画面左にいっぱい現《あらわ》れた。プログラムだ。そのわくの中には、「R《アール》」「五秒」「wait《ウェイト》」「無条件《むじょうけん》ループ」「else if《エルス イフ》」といった文字が書きこまれている。

動きのチェックではつかわなかったプログラムもならんでいる。

「んー……。まずはまっすぐ進むかを見てみるか」

そのわくの中からいくつかを選び、まん中の作業エリアにならべていった。

「まっすぐ五秒前進、と」

コネクターをN―1の頭脳《ずのう》部分につなぐと、近くにある赤色のLED《エルイーディー》ランプが点めつした。そしてピロリンと音がして、緑色のランプがついた。

「ダウンロード完了《かんりょう》」

イエヤスはN《エヌ》―1《ワン》を静かに床《ゆか》の上においた。スイッチを入れるとジーッというモーター音とともに前進し、ふいに止まった。命令したとおりに動くN―1が、ちょっとほこらしい。

「ふーむ……」

イエヤスは事件現場《じけんげんば》を探《さぐ》る刑事《けいじ》のように、N―1がたどったあとを人さし指でなぞった。そして先ほどと同じ地点に戻《もど》し、再《ふたた》びスタートボタンを押《お》した。

イエヤスは床板《ゆかいた》の板目に合わせてロボットをおいていた。それを手がかりに見てみると、N―1はややななめ左にむかっている。またしてもパソコンにむかい、わくを入れかえ、数字を打ちこんでいる。

「九十度右回転して五秒前進を四回くり返す、と」

今度は床にチョークで×印《ばつじるし》をつけた。そしてそこにN―1の鼻先をそろえてスタートさせた。四回連続させれば、きっちり正方形を描《えが》いて元の場所に戻《もど》らないといけない。それなのにN《エヌ》―1《ワン》はゆがんだ四角形を描《えが》き、四回くり返しのミッションを終えた。

「おまえはちょっと左にかたむくクセがある」

わが子にケチをつけるイエヤスがにくかった。

「おれはきっちり作ったぞ!」

声のでかさに、榊原《さかきばら》と井伊《いい》が首をすくめる。イエヤスはというと、あっけらかんとしている。

「そりゃあ、きっちり作っていなけりゃ動かない」

なにがいいたいのかつかめず、おれはまゆをよせ、イエヤスを見つめ返す。

「きみは……機械はきっちり作ればどれもきっちり動く。そう思っているのかな」

「それが常識《じょうしき》ってもんだろう」

イエヤスは、あわれむようにおれを見下げた。

「工業製品《こうぎょうせいひん》だって、同じ製造《せいぞう》ラインで同じように組み立てても、どこか微妙《びみょう》にちがう」

「工業製品《こうぎょうせいひん》が同じじゃないだと？　そんなら日本の家電製品《かでんせいひん》が、正しく動かないとでもいうのか！」

「そうはいっていない。同じように動いても、クセがあるということだ」

イエヤスはすまし顔で表情《ひょうじょう》ひとつ変えない。

「なぜそんなことがわかる」

イエヤスは、窓《まど》の外の、にぎやかな色に染《そ》まった桜《さくら》の木の葉に目をやった。

「工場見学にいったことがある。前々から、すべての製品が同じではない気がしていたから質問《しつもん》してみたのだ。そうしたら、作るときの気温や湿度《しつど》、そのほかいろいろな条件《じょうけん》で、わずかだがちがいが生じるといわれた」

初めてきく話に、おれはだまるしかなかった。

「このロボットは手で組み立てている。だから当然《とうぜん》個性《こせい》がでる。センサーの感度《かんど》もそれぞれだし、ネジのしめ方でも変わる。N《エヌ》—1《ワン》のクセを知っておくことは、正確《せいかく》にプログラムを組むのに非常《ひじょう》に重要なことだ」

そのあともイエヤスの講義《こうぎ》は続いた。たとえば壁《かべ》にぶち当たってばかりのときは、〈タッチセンサーにふれたら二秒後退《こうたい》して、九十度右へ回転、その後五秒前進〉などとプログラムする。そうすれば、いったんバックしてからくるっと右をむき、壁《かべ》から逃《に》げられるはずだ。

しかしタッチセンサーは、ボールに当たって反応《はんのう》することもあるわけで、そんなときにバックしてくるっと回っていては、お話にならない。そのロボットは、どういう状態《じょうたい》だと壁とボールを見わけられるのか、よく調べなくてはならない。

センサーをいくつどこにつけると区別できるのか。ぶつかったときのセンサーの数《すう》値《ち》が、それぞれいくつだと見わけられるのか。定番のプログラムプラス個体のクセを考えて、初めて正確《せいかく》なプログラムが組めるのだ、と。

機械と話ができる、とはどういうことなのか、だんだんわかってきた。たしかにイエヤスにそっぽをむかれると、改造《かいぞう》したくてもうまくいかないようだ。

11　突然《とつぜん》の通告《つうこく》

　それからしばらくしたある日。部にいくと、やけに静かだった。いつもなら、ロボ同士を戦わせては、動きのチェックやプログラムの数値《すうち》の記録をしているのに、ロボも出さず、全員がうなだれて暗い表情《ひょうじょう》で座《すわ》っていた。イエヤスまでもがパソコンも開かず、実験テーブルの端《はじ》に座っている。小早川《こばやかわ》になにかあったのかとたずねると、顧《こ》問《もん》の酒井《さかい》ティーチャーこと酒ティーから話があるらしく、ここにくるそうだ。

　おれの入部以来、一度も顔を見せないのに、わざわざくるとは。いやな予感がした。

　そこへひょこひょこと酒ティーが現《あらわ》れた。目がギョロッとしていてカマキリに似《に》ている。いつも疲《つか》れていて、三河武士団《みかわぶしだん》の中でもひときわ覇気《はき》がない。どうでもよいこの部の顧問を押《お》しつけられたのがありありとわかる。

「えっとですね。じつはこの部のことが職員《しょくいん》会議で議題に上りまして。廃部《はいぶ》と決定しました」

酒《さか》ティーはあらかじめ書かれたセリフを棒読《ぼうよ》みするように、とうとつに、なんのためらいもなく、するするとそういった。

「はあ？　どういうことですか」

寝耳《ねみみ》に水で、おれだけでなく、みんなそろって酒ティーをじっと見た。酒ティーは小さくため息をつき、あっさりと答えた。

「この部の部員が、野球部のエースの手をけがさせたからです」

本多《ほんだ》がじろっとおれを見る。

「おれがそんなことするか。ほんとなんですか、それ」

酒ティーは目を伏《ふ》せた。

「もちろんです。おかげで野球部は、春の大会がどうなるかと気をもんでいます」

酒ティーは困《こま》ったことだというように、まゆをよせ、淡々《たんたん》と述べた。全国をねらっているのなら、しばらく練習できないことの痛手《いたで》は、おれにもわかる。が――。

「いったいだれがそんなことやったっていうんですか。どの程度《ていど》のけがなんですか」

酒《さか》ティーは顔をくもらせた。

「それは……わたしがいわなくても、当人たちはわかっているでしょう」

するとなぜか榊原《さかきばら》と井伊《いい》、小早川《こばやかわ》の三人がうつむき、しおれていった。

「それにしてもいきなり廃部《はいぶ》ってひどくないですか？　せめて休部とか」

「わたしは決まったことを伝えにきただけです。以上」

酒ティーはそれだけいうと、逃《に》げるように理科室から飛びだしていった。

あまりに急展開《きゅうてんかい》で、おれの頭はまだついていけない。

「おい、どういうことだよ」

おれが怪《あや》しい三人につめよると、本多《ほんだ》も横《よこ》にきて、三人を見下ろした。榊原と井伊はますます小さく体をちぢめる。小早川は、上目《うわめ》づかいでぼそぼそ話した。

「二日前、部が終わったあとでサ、おれ……榊原と井伊が野球部のやつら十人くらいとむき合ってるの、見たじゃんね」

「それで小早川《こばやかわ》がなぐったのか」

「ま、まさか。おれ暴力《ぼうりょく》反対！」

小早川はてのひらと頭をぶるぶるふり、否定《ひてい》した。

「いやぁ、なんか急に井伊《いい》が顔をまっ赤にして、ウワーッってすごい声をあげてそいつらに突進《とっしん》してったんだ。頭からどーんてサ。何人かがひっくり返ったんだけど、その中にピッチャーもいたらしいんだ。ま、すごいけがではないと思うけど」

「えっ？　急にか？」

おれは井伊と榊原《さかきばら》を見た。が、ふたりはぎゅっと口をつぐみ、なにもいわない。

「おれが見たときはサ、そんな感じだったけどな」

おかしな話だ。おとなしい井伊がそこまで怒《おこ》ったのなら、相手から先になにか手を出しているにちがいないが。

「なにがあったんだ？　くわしく話してみろ」

しかしおれが問いつめれば問いつめるほど、井伊も榊原も首をすくめ、口をとざす。

「いきなり廃部《はいぶ》っていわれたんだぞ。酒《さか》ティーの話しっぷりじゃあ、一方的にこっちが悪いみたいにきこえるじゃないか。おまえらそれでいいのか?」

それでもなお口をとざすふたりに、ますます腹《はら》が立ってきた。

それをとりなすように、小早川《こばやかわ》がへらへらと間に立った。

「ま、まあサ、井伊《いい》が理由《りゆう》もなくあんなことするわけないからサ、きっと他人《たにん》にはいいにくいなにかがあったんだよ。な!」

そうふられても、やっぱりふたりはなにもいわない。

井伊《いい》がいきなりそんなことをするはずがない、というのはおれも同感だ。となりゃ、この納得《なっとく》いかない決定をくつがえしにいくまでだ。

「わかった。ならおれが校長先生に文句《もんく》いって、とり消してきてやる！」

小早川《こばやかわ》がすっとんきょうな声を上げた。

「えっ、今から？」

「あたりまえだ」

そのとき、イエヤスが低く落ち着いた声でいった。

「なにか事情《じじょう》があるんだ。うかつに動かない方がいい」

おれはイエヤスをにらみつけた。

「そんなのんびりしたこと、いってる場合か。一方的に悪者扱《あつか》いされたこいつらの気持ちはどうなるんだよ。待ってろ！」

おれが肩《かた》をいからせ校長室へむかうと、イエヤスも首をふりながら、ゆっくりあとからついてきた。

12　校長室で

「校長先生、お話があります」

おれは校長室の戸をどんどんとたたいた。イエヤスもうしろにかまえている。

「そんなにたたかなくても、きこえているよ」

校長先生は不機嫌《ふきげん》な声で中へ入るよういい、ソファをすすめた。

「きみたちは」

「ロボサッカー部の恩田《おんだ》です」

「同じく徳山《とくやま》です」

「ああ、やっぱりきたかね」

校長先生はこともなげにいった。

「大事なピッチャーの手をねんざさせたんだよ。しばらく投げられない状態《じょうたい》だ。当然の処分《しょぶん》だと思うがね」

「でもいきなり廃部《はいぶ》はひどすぎませんか。井伊《いい》は、そんなことをするやつじゃないんです。事情《じじょう》をよく調べてください」

「もちろんよく調べたよ」

校長先生は、うで組みし、困《こま》ったように顔をしかめた。

「先方はひどく怒《おこ》っておられて、収《おさ》まりがつかないんだよ。そりゃそうだろう。春の大会にむけてがんばっていたのに、突然《とつぜん》こんな目にあったんだからね。いっときは教育委員会にうったえる、なんてえらい剣幕《けんまく》だったんだよ。それに個人の問題だけじゃなく、野球部がよい成績《せいせき》を残せないと、うちの学校にとっても大きな問題だ。それで部がらみの問題だから、その部に厳《きび》しい処分《しょぶん》をする、ということになったんだよ」

「部がらみってなんですか」

「三人ともロボサッカー部だろう」

「それは、たまたまいあわせただけで――」

「部を作るときにも、必ず成果を出してくれ、とわたしはいったはずだよ。そういう話はちっともきこえてこないじゃないか。そして今回の事件《じけん》。しかたないと思うがね」

するとそれまでじっときいていただけのイエヤスが、口を開いた。

「今度のノードで成果を出すつもりでした。なのに急に廃部《はいぶ》では……」

校長先生はなにもいわず立ち上がると、窓辺《まどべ》に立った。窓のむこうでは野球部が練習をしている。右打ち、左打ち。ノックの練習中、部員たちはきびきび動き、だらけたところはみじんもない。

「じゃあ、東海《とうかい》大会にいけそうだ、というのかね?」

校長先生は顔だけこちらにむけ、イエヤスの目をぐいとのぞきこんだ。イエヤスは怒《おこ》ったように校長先生を見たまま、口をつぐんだ。

なんなんだ。今はうそでもなんでも、だまってる場合じゃないだろう!

しょうがない。ここはおれの出番だ。おれはなんとかとっかかりを作ろうと、頭をフル回転させて切りだした。

「先生は、この学校が野球しか能《のう》のない、スポーツバカの学校だといわれているのをごぞんじですか」

これはハッタリだ。今河《いまがわ》に「野球づけの学校」といわれたのをヒントにした。

「先生がロボサッカー部をどう思っているのか、それはわかりません。でも岡中《おかちゅう》にとって、すごく意味のある部です」

ふたたび窓《まど》のほうをむいた校長先生は、うしろに組んだ手をもぞもぞ動かした。

脈あり。もうひと押《お》しだ、とおれは読んだ。

「ロボカップジュニアは、世界進出もねらえる、国際《こくさい》科学技術《ぎじゅつ》コンテストのひとつです。日本国内だけの、小さな大会ではないのです。世界大会に出場できれば、その名は一気に世界に知れわたります。世界の岡中になれるのです。野球で名をはせるのもいいでしょう。でもロボカップにくらべたら、小さな話だと思いませんか？　今は科学技術の、ロボットの時代です。三河《みかわ》の中にもすでに世界進出をはたしているクラブもあるとききます。校長先生は、よそにおくれをとって、悔《くや》しくはないんですか」

校長先生の腹《はら》の内《うち》は読めない。ここからでは顔も見えない。

「今のロボサッカー部にはブレインがいます。『発明くふう展《てん》』で入賞経験《けいけん》のある、榊原《さかきばら》と井伊《いい》。そして――」

おれは思い切ってその名を口にした。

「プログラムの名手、イエヤス。この三人に好きなようにやらせたら、三位入賞どころか優勝《ゆうしょう》もねらえます」

イエヤスがとなりでごそっと動く気配がした。おれはあえてそちらを見ず、校長先生の背《せ》から目をそらさなかった。その背中が、ときおりゆさっゆさっとゆれるのがわかった。

「なるほどね」

こちらをむくと、笑いをかみころしていた。

「さて徳山《とくやま》くん。恩田《おんだ》くんはそういっているが、どうかね」

イエヤスはむっとした表情《ひょうじょう》のまま、きこえるかどうかというほど小さな声で「自信はありません」とだけ告《つ》げた。

「しかし、ようやく先方に納得《なっとく》してもらえたというのに。はてどう話したものか」

校長先生はうで組みして考えこんだ。

カチッ、カチッと時計の音がやけに響《ひび》く。おれも懸命《けんめい》に考える。外からは野球部のかけ声がきこえてくる。今度はフライの練習をしているようだ。大きくバックし捕球《ほきゅう》している。外野のはじからピッチャーマウンドまで投げ返す強者《つわもの》もいる。

やがて校長先生がきっぱりといった。

「よし。この手でいこう」

おれもイエヤスも、耳をそばだてた。

「井伊《いい》くんもとても反省しているので、更生《こうせい》させるチャンスをくれ、と。部をつぶすのもひとつの方法だが、それではより人格《じんかく》を悪化させることもある。だから今回の大会で東海《とうかい》大会進出を目標にとり組ませ、それができなければ廃部《はいぶ》にする、と」

「それで納得《なっとく》してもらえるんですか」

おれがたずねると、校長先生は自信たっぷりに答えた。

「そこはわたしが責任《せきにん》を持って説得するよ」

井伊《いい》が人格《じんかく》を悪化させるとか、井伊の問題がなぜ部全体の責任《せきにん》問題になるのかというあたりはまだ疑問《ぎもん》が残ったが、まあ相手を納得させるため、やむをえないのだろう。

「ならもうひとつお願いがあります」

おれはさらにねばった。

「部費がないことには、ロボットも満足に作れないんです。どうか部費を――」

校長先生はぎゅっと口をとじ、しぶい顔

でしばらく考えたのち、うなずいた。

「それは……まあ……なんとかしよう」

「わかりました。ではお願いします」

おれは立って頭を下げ、校長室をあとにした。イエヤスも無言でろうかにでた。

ろうかにでるとすぐ、イエヤスはとりすました顔でおれを見た。

「きみは校長先生にはめられたんだよ」

さっきは大事なところできちんと答えなかったくせに、この期《ご》におよんでなにをいう。

「なにがいいたい？　おれは廃部《はいぶ》の危機《きき》から救《すく》ったんだぞ。おまけに資金《しきん》ぐりのめども立ったんだ。悔《くや》しいからって、変なことというな！」

イエヤスは、むっつりとした顔をおれにむける。おれはふてぶてしいイエヤスをふり切るように、大またで理科室へむかった。

部員たちに説明すると、とたんに大きなため息がもれた。暗くて重すぎる空気がおれにまとわりつく。榊原《さかきばら》がおそるおそる口を開いた。

「あの……ぼくら、そんな大変《たいへん》なことになってるなんて、ぜんぜん知らんかったじゃんね」

部員たちの目が榊原にむく。

「たしかに事情《じじょう》はきかれたよ。井伊《いい》も、頭つきはしたけどエースをねらったわけじゃない、そういって謝《あやま》ったら、あのときはピッチャーもわかってくれたみたいだったじゃんね」

ようやくいきさつが少し見えてきた。

「そうだったのか。じゃあそのあと、親が校長先生に大げさにうったえたんだろうな。で……ひとつきいてもいいか」

おれは榊原と井伊を見た。

「いきなり頭つきはしないだろう。なにがあった？　そんなにいいにくいことか？」

榊原は井伊と顔をよせ合い、ぼそぼそと話し合った。榊原がなにか説得している様子で、しまいには、井伊《いい》があきらめたようにうなだれた。

「野球部の水野《みずの》ってやつがいったじゃんね。『ロボサッカー部でもがんばってるらしいじゃんかぁ』って」

「え？　あの中に水野がいたのか」

小早川《こばやかわ》も本多《ほんだ》もその名をきき理解《りかい》したようだが、おれには事情《じじょう》がわからない。

「うん。井伊が頭つきしたらすぐ逃《に》げたんだ。水野とはその……前からいろいろあって。あれは絶対《ぜったい》からかったんじゃんね。だから井伊はキレた。むこうもまずいと思ったから逃げたんだよ」

それ以上くわしく話す気はないらしく、そこで榊原《さかきばら》の話は終わった。

イエヤスがゆっくりうなずき、あごを持ち上げた。

「相手はわかってくれた。なのに廃部《はいぶ》をちらつかせる。これは校長先生のたくらみだね」

そしてふふんと鼻を鳴らした。

「考えてもみたまえ。廃部《はいぶ》で納得《なっとく》していた親が、いきなりノードにでるのを許《ゆる》すとは信じられない。自分の息子《むすこ》は、けがでしばらく練習もできないというのにだよ。でも校長先生は自信たっぷりだった。校長先生はね、成果がでることがなにより大切なんだよ。この事件《じけん》をきっかけに、わたしたちにはっぱをかけた。そういうことだよ」

「ああもういい！　とにかく三位入賞すりゃ文句ないだろ！」

「それが問題だよなー」

本多《ほんだ》が深いため息をついた。

「だけどイエヤス、さっきも校長室で自信はある、っていったじゃないか」

「当日はなにが起きるかわからない。校長先生は結果しか期待していない。自信はあっても保証《ほしょう》はできない」

なんてやつだ！

「とにかく。このままじゃ泣《な》き寝入《ねい》りだ。井伊《いい》も浮《う》かばれない。チャンスはもらった。納得《なっとく》いくロボで入賞をねらって――」

「わたしはこれ以上の改造《かいぞう》は反対だ。大切なのはプログラムだ」

イエヤスはガンとしてゆずらない。

カチンときた。イエヤスのまん前に立ち、むき合った。

「プログラムだけでなんとかなるのかよ。よそはオムニつけてるんだろ？　勝つために一番と思う方法を試すべきだろ？　プログラムだけにこだわるなよ」

「きみこそ改造にこだわりすぎだろう」

「は！　なんだよ。おまえはひとりで部を支配《しはい》してるつもりか！」

しばらくの沈黙《ちんもく》ののち、小早川《こばやかわ》がふいにこぶしをつき上げ、立ち上がった。

「よっし。まあとりあえずピンチを切りぬけたんだからサ、みんなで福々屋《ふくぶくや》へいこう！」

しかしイエヤスは暗い声でいい捨《す》てた。

「わたしはいかない」

13 福々屋《ふくぶくや》

「福々屋」とはなんなのか。なんとも時代を感じさせる響《ひび》きだ。小早川《こばやかわ》の家のとなりの店だ、とだけきかされ、おれもつき合った。「福」をふたつも重ねてしまおうといううずうずうしくも大胆《だいたん》な店名だけに、二十一世紀にあってもわが道をいく、マイペースな店であることはまちがいない。

そして、まったくその期待を裏切《うらぎ》らないイメージ通りの店が、みそ工場やらごちゃごちゃした古い民家やらにまぎれて存在《そんざい》した。かたむいた引き戸のお好み焼き屋である。

〝五平《ごへい》もち・みたらしあります〟の赤いのぼり旗《ばた》は、下の方が無残にちぎれ、びろびろと風になびいている。のれんをくぐり、黒ずんだコンクリートの床《ゆか》に足を踏《ふ》みいれると、ビニールがあちこち破《やぶ》れた緑色のスツールが目に入った。スチール製《せい》で脚《あし》が四本の、座《すわ》るとガタガタいいそうな安っぽい腰《こし》かけだ。テーブルはといえば、見ただけでねっとり度がわかるほどあぶらぎっている。はやっているのかどうなのか。とにかく今は客はだれもいない。

おれはこういう店は、テレビでしか見たことはなかった。仮《かり》に近くにあったとしても、わざわざ中へ入ろうとはしなかっただろう。いや、それどころか避《さ》けてとおっただろう。

アルマイトの大鍋《おおなべ》には、みそおでんがぐつぐつ煮《に》えており、小早川《こばやかわ》は早くもちくわと玉子を皿にとりわけ、机《つくえ》においていた。そして店員のようにかいがいしく注文をとり、にこにこ語った。

「ここの五平《ごへい》もちはサ、B級《ビーきゅう》グルメの番づけに絶対《ぜったい》入れるべきだとおれは思うじゃんね。いっぺん食べてみりん」

小早川は奥《おく》で五平もちを焼くおばちゃんに声をかけ、ほいっとつき出してきた。太くて平たい木の棒《ぼう》に、スリッパサイズのでかいもちがずっしりくっつき、上からたっぷりごまみそだれがかかっている。

うまかった。甘《あま》いみそがほどよくこげて香《こう》ばしく、もちとの相性《あいしょう》ばつぐんである。

「うちのはなぁ、秘伝《ひでん》のごまだれや。くるみをようけ入れとるでねえ」

姿《すがた》は見えないが、おばちゃんの張《は》りのある声がしてきた。

「秘伝なのに、くるみがようけ入っとるーってばらしちゃっていいわけ？」

小早川《こばやかわ》がつっこんでも、おばちゃんは気にもしていない。

「うまいといってもらえりゃええ。ほい、次が焼けたけど、どうする？」

「じゃあ、もう一本！」

おれはおかわりを頼《たの》んだ。何本でもいけそうなうまさだった。

「な、な、うまいだろ？」

小早川はにんまりしながら茶をついで回る。

おれは五平《ごへい》もちをじっくり味わった。が、ほかは皆《みな》どんより暗く、せっかく注文したみたらしやらおでんやらに、手をつけていない。

「やっぱり三位入賞はむちゃだら」

本多《ほんだ》がぼそっとつぶやく。

おれは口の中の五平《ごへい》もちを飲みこみ、本多とむき合った。

「じゃあ本多は、このまま廃部《はいぶ》でよかったというのか」

「……」

「ほっといても廃部にされるんだぞ。とりあえずチャンスと部費は確保《かくほ》したんだ。がんばってあのタヌキ親父《おやじ》を見返してやろうとは思わないのか。おまえたちならできる」

「ノブナガになにがわかる?」

「自慢《じまん》してたじゃないか。『発明くふう展《てん》』で入賞したし、イエヤスもすごいって。ならできるだろう」

部員たちは、ますますうつむく。

「それに、改造《かいぞう》に興味《きょうみ》のあるやつはついてこいっていったら、みんなきただろ? 本心はもっと改造したいと思っている。ちがうのか?」

実際《じっさい》あの殿様《とのさま》にどれくらい遠慮《えんりょ》しているのか、まではわからない。うつむいたままの部員たちを順にながめていると、榊原《さかきばら》がゆっくり顔を持ち上げた。

「今だからいうけど……」

「ん？」

おれは榊原が話しやすいようにとうながす。

「ぼくたちこれまで、大学の説明書にのってる改造《かいぞう》をあれこれ試して、楽しかったじゃんね」

例のプリントの束《たば》のことだ。そこには「こんなチャレンジもあるよ」だの「この先はどうするといいか考えてね」だの、さらにその先を考え、改造するヒントがちりばめられている。

「でもついにそこにのってる改造をひととおりやり終えて、いきづまってたじゃんね。そしてノブくんが現《あらわ》れたんだ」

榊原は舌先《したさき》で唇《くちびる》の周りをなめた。

「ぼく……やっぱもっと改造《かいぞう》してみたいじゃんね。ブログ見てたら楽しくって、わくわくした」

井伊《いい》も小さくこくっと頭を下げた。

「それに、よそのチームがほとんどオムニをつけてるのは、やっぱりそれがいいからだと思う。ただ……」

「ただ?」

おれがオウム返しにきくと、榊原《さかきばら》はなんとか言葉を続けた。

「プログラムが心配で……」

そして井伊の顔を見た。井伊も同じ意見だという代わりに目を合わせている。

本多《ほんだ》もうで組みしてうなった。

「まあな……。自分もプログラムさえなんとかなるなら、オムニくらいはつけてみたいと思った。形も円柱状《えんちゅうじょう》が主流なのは、そっちがいいからだと思う。けどな……」

「小早川《こばやかわ》はどうなんだ」

おれがきくと、えっ、おれ？　というように自分を指でさした。

「そりゃまぁ……できることならしてみたいよ」

「じつは……」

榊原《さかきばら》がもぞもぞと口をはさんだ。

「前にノブくん、フォワードとディフェンダーにしたらっていっただろ？　あれ、したらどうかって相談《そうだん》したことがあるじゃんね」

初耳だった。

「最近変わったルールのひとつに、たがいのロボットで通信をしてもいいってのが加わったんだ。方式は限定《げんてい》されてるけど」

「通信？」

本多《ほんだ》もうなずく。

「たがいに連絡《れんらく》しあって、攻撃《こうげき》や防御《ぼうぎょ》ができるってことだら」

まさに理想的《りそうてき》な話じゃないか。

「で、どうなったんだ？」

「かなりむずかしいことだとわかって、イエヤスも手を出さない方がいい、って結論《けつろん》を出したじゃんね」

「通信にかぎらず、あいつは新しいことはしたくないんだろ？」

「でも、通信がうまくいかなかったら、フォワードとディフェンダーにするってのはリスクも大きいじゃんね」

榊原《さかきばら》がいうには、イエヤスが一番心配していたのは、片方《かたほう》が故障《こしょう》して、残る一機で戦う状況《じょうきょう》になったとき、圧倒的《あっとうてき》に不利だということらしい。

「たとえばディフェンダーにプログラムしたロボットだけになったら、得点を入れにくい。仮《かり》にうまく『一機になったらフォワードとして働く』、とプログラムできたとしても、複雑《ふくざつ》すぎて、本当にちゃんと動くか心配だって」

フォワードとディフェンダー。そこにそんな問題があったとは。

「前から気になってたんだが、あいつは去年でなかったのか？」

それには小早川《こばやかわ》が答えた。

「日本じゃ二対二の試合しかしてないからサ、裏方《うらかた》でいいってでなかったのサ」

本多《ほんだ》も目を伏《ふ》せ、思い出していた。

「なんかいってたじゃん。ひとりで完璧《かんぺき》に戦ってみたいから、ふたりでチームを組む必要はない、とかなんとか」

「話はわかった」

おれはすっと背《せ》すじを伸《の》ばした。

「おまえたちは、とにかく自分の納得《なっとく》いくように改造《かいぞう》しろ」

「え、でも……」

榊原《さかきばら》が不安げな顔をする。

「心配するな。負けるかも、なんてはじめっから心配するから負けるんだ。負けるはずない、と思っておけばいいんだ」

「プログラムは……」

「それくらいおれがなんとかする」

榊原《さかきばら》はまだなにかいいたそうだったが、わかっているとおれはうなずいた。

「おれもこのあと猛勉強《もうべんきょう》する。おれは天才だ、まかせておけ」

本多《ほんだ》と榊原と井伊《いい》は、それでも浮《う》かない顔だ。

「だいじょうぶだ。最後の戦いになるかもしれないんだろ？　自分の納得《なっとく》のいく形で戦え。悔《く》いのないように。いいな」

そこへ六十代くらいの、頭に三角巾《さんかくきん》を着けたおばちゃんがやってきて、ひとりにひとつずつ「おしるこ」をおいていった。

「あれ？　頼《たの》んでないけど」

おれが周りを見ると、おばちゃんに口々に礼を述べている。

「やっぱりきた！」

「いつもありがとな」

頼んでいなくてもいつもでてくるものらしい、と理解《りかい》する。

「あんたらいっつも、むずかしいことようがんばっとるだら？　わたし、応援《おうえん》しとるでね。きょうはよう冷えるで、風邪《かぜ》ひかんよう、あったまっていきん」

「とかいって、売れ残りそうだから、だろ？」

小早川《こばやかわ》はすぐさま突《つ》っこむ。

「ようういうわ！」

おばちゃんは目を細めて笑い、小早川の頭をこんとこづいた。

「いらっしゃーい」

「うーさぶ！　おばちゃん、おでんいつもの入れてくれー」

高校生の一団《いちだん》がどやどや入ってきた。たちまち店は満席である。

おでんくらいコンビニだって売っているのに、わざわざこの店にくる。

体育大会で感じた地域《ちいき》とのベタなつき合い。それがこの店にもあるのだ。

体育大会ではそれをうっとうしいと感じた。だが今はなぜか、あまりうっとうしいとは感じない。なぜ……なんだろう。

14 決裂《けつれつ》

季節はいつの間にか十一月となっていた。落ち葉が舞《ま》いちる季節だ。十二月中旬《ちゅうじゅん》のノードまで日にちがない。

廃部話《はいぶばなし》以来、イエヤスは部へこなくなった。学校にはきているらしいが、とにかく姿《すがた》を見かけない。たしかにあんなふうに別れたが、翌日《よくじつ》にはけろっとして殿様《とのさま》ぶってやってくるものとだれもが思っていたので、とまどった。

「イエヤス、どうしちゃったんだろうな」

小早川《こばやかわ》がそう問いかけても、気まずい空気が流れ、だれも言葉を返さない。日がたつにつれ、イエヤスのことを口にしなくなった。

そのうち部費もおり、必要なものをそれぞれとりよせることにした。

本多《ほんだ》は本体を円柱状《えんちゅうじょう》にして、オムニホイールをつけていた。すばやく動くための基本パーツだ。メカナムとかいう新しいパーツでなくていいのかときくと、本多《ほんだ》は首を横にふった。

「オムニはとりつけ方が紹介《しょうかい》されとるけど、メカナムはのっとらんじゃんね」

だがオムニも思った以上にくせものだった。ふつうのタイヤとちがい、横すべりもできる。四つともオムニをつければ、ななめに進むこともできる。ただ、ななめや横に動かすためには、四つのタイヤの一部を止めたり動かしたりせねばならず、それプラス方向を読ませて動かすとなると、プログラムは想像《そうぞう》以上に複雑《ふくざつ》だった。

本多のロボットはあらぬ方《かた》へいき、ゴンとぶつかり、くるくる回る。

「なんかサ、初めてプログラム作ったころと変わんないすけど」

小早川《こばやかわ》がからかう。

「うるさい。おまえも自分とチームを組んどるんだから、ちっとは手伝え」

小早川はあとずさる。

「おれサ、ほとんどわかんないからパス。いってくれれば配線くらいは手伝うけどサ」

榊原《さかきばら》と井伊《いい》のふたり組は、モーターをミニ四駆《よんく》用にかえ、さらにキッカーをつけていた。小さな板を足元につけ、ボールにふれたらけるようにプログラムする。キッカーをとりつけ、できあがった一機をフィールドで動かしてみると、格段《かくだん》にキック力がアップしていた。これでシュートすればかなり距離《きょり》があっても得点できそうだ。

「さすがだな」

おれがほめると、ふたりは照《て》れ臭《くさ》そうに下をむいた。

ふたりがときどきふたごに見えてしまうのは、おれだけだろうか。

ところが本多《ほんだ》たちの二機も交え、四機で試合のように動かしてみると、本多たちにボールをうばわれるばかりで、キッカーの出番がない。榊原たちはモーターをかえたとはいえ、ノーマルタイヤ。本多たちの動きに追いつけないのだ。

「いっそ榊原たちもオムニをつけたらどうだ」

おれが助言すると、ふたりは顔を見合わせ、目を伏《ふ》せた。

「本多《ほんだ》の見てると、プログラムが相当複雑《ふくざつ》だし、そこにキッカーも、っていったら、お手あげじゃんね」

「じゃあ、ボールを見つけるセンサー、なんだっけ?」

「赤外線《せきがいせん》センサー」

「それそれ。それをたくさんつけたらどうだ」

ふたりはだまってしまった。

「おまえたちなら、なんとかなるぞ。もう少し頭つかってみろ」

ふたりはいい返すでもなく、また作業にとりかかった。

今さらながら、だが、ほかの部員たちはペアが決まっているので、必然的におれはイエヤスと組むことになっている。部にはこないし、どうするつもりか知らないが、少なくとも当日はくるだろう。だからおたがい、かってに準備を進めるしかない。しかし、できればフォワードとディフェンダーにしたい、という思いはやっぱりある。

おれはほんとのサッカーで、ずっとフォワードだった。先頭で引《ひ》っ張《ぱ》っていくのが性《しょう》に合っていた。そしてフォワードが安心して動けるのは、ディフェンダーがしっかりしていればこそ。チームプレーは勝利に欠かせないものだ。

チームプレー。その言葉がのどにひっかかった。

あれは冬の大会。ここで一点を決めたチームが優勝《ゆうしょう》という、ゴール寸前《すんぜん》でのやりとり。二年の武田《たけだ》が逆《ぎゃく》サイドで手をあげ、そっちへパスを要求してきた。が、おれはそうしなかった。おれがシュートするとは相手も思っていない。パスすると見せかけゴールをねらうチャンスだ。そのフェイントを、とっさに武田も、ほかのメンバーも理解《りかい》したと判断《はんだん》した。だからおれはシュートした。ところがキーパーがクリア。そのボールは思った以上に遠く飛び、手薄《てうす》になっていたディフェンスラインを破《やぶ》り、逆に相手が得点した。

ディフェンダーがしっかりしてさえいれば。

チームプレーがうまくいってさえいれば……。

ロボットでももちろんチームプレーは大切だ。だが相手はあのイエヤス。そこがひっかかる。それに役割分担《やくわりぶんたん》にはいろいろ問題があるらしいこともわかってきた。

大須《おおす》で知ったブログの管理人《かんりにん》にあれこれ質問《しつもん》をぶつけてみたが、やはりあまりよい返事はもらえなかった。

『故障《こしょう》ロボットがでて一機になったときが問題だろうな』

イエヤスと同じ意見が返ってきた。

『通信は……あれ、ワイヤレスのヘッドセットなんかにもつかってるシステムだろ？まだルールに入ってからの年数が浅《あさ》いから、問題も山積みだし。おすすめはできないな』

そしてなによりイエヤスとしっかり相談しないとできないことだ。

おれは気持ちを切りかえ、そのほかにできる改造《かいぞう》を書きだしてみた。

ドリブルができるよう、大須で見たような回転ドラムをロボットの前面につける。

もちろんオムニでキッカーもつける。

赤外線《せきがいせん》センサーだって、もっと精度《せいど》のいいのを探《さが》してぐるっと四方につける。

「ノブ。こんなに改造《かいぞう》してサ、重量オーバー、出力オーバーじゃない？」

小早川《こばやかわ》がのぞきこむ。

「それ以前にプログラムがこんがらがるだら」

本多《ほんだ》が、作業しながらよけいなことをいう。

「おれは天才だ。ばかにすんな！」

本多は肩《かた》をすくめた。

それから毎日、おれたちは改造に明《あ》け暮《く》れた。日がだんだん短くなり、下校時刻《じこく》も早くなる。家でも作業を続けないと間に合わない。

おれはオムニをつけ、さらにキッカーとドリブラーもつけようと奮闘中《ふんとうちゅう》だ。講座《こうざ》にいったという大学の講義《こうぎ》記録をネットであたったり、ブログの管理人《かんりにん》に質問《しつもん》しまくり、必死《ひっし》に勉強した。持てる力をすべて注いだおかげで、部員たちに助言してやれるくらいには、プログラムも理解《りかい》した。本多のオムニをつけたロボットも、今ではまっすぐ前をむき、ななめでも横でも動くようになった。ただ、ボールを見つけるのが遅《おそ》かったり、ほかのロボットが近づくと調子がくるう。

「微調整《びちょうせい》は一段《いちだん》とむずかしいじゃんねぇ」

本多《ほんだ》がため息をもらす。榊原《さかきばら》と井伊《いい》はなにもいわないが、その表情《ひょうじょう》で、本多と同意見だとわかる。

「弱音を吐《は》くな。おれたちだけで、なんとかなる！」

だが、おれがはげませばはげますほど、言葉が上すべりしていくのを感じた。

十二月中旬《ちゅうじゅん》のノード大会まで、二週間を切った。ヒューヒューと木枯《こが》らしが窓《まど》をゆらす。世間のはずれのこの町も、赤と緑にいろどられ、福々屋《ふくぶくや》まで、のれんに百均《ひゃっきん》のひいらぎがぬいつけてあった。

みんな壁《かべ》にぶつかっていた。あと一歩という、けれどかんたんには踏《ふ》み越《こ》えられない大きな壁だ。とげとげしい空気に満ちている。ロボットは思うように動かず、日にちはどんどんすぎていく。作業の手は止まり、初めてこの部屋《へや》にきたときのようにぼんやりと座《すわ》っている。この現状《げんじょう》を、おれは認《みと》めたくなかった。

「プログラム見せてみろよ」

おれがいうと、本多《ほんだ》は牛のようにのっそりと顔を上げ、気のぬけた顔でおれを見た。

「見せてどうなる？」

「どうなるって。手直ししてやるんじゃないか。おれにまかせろっていっただろ」

本多は、甲高《かんだか》い声でヒヒヒと笑った。

「直す？　ノブナガが？　いいかげん認《みと》めりん。イエヤスがいないと、この先は無理だって」

引きつった声でしゃべる本多は、表情《ひょうじょう》もこわばり、なんだかいつもとは様子がちがった。

「天才天才って、口ばっかじゃんね。やっぱほんとの天才はイエヤスだら？　自分はイエヤスにプログラムを組んでほしい。ちっさいころからイエヤスには世話になってきた。数学がわからんときは、わかるまで教えてくれた。それがノブナガがきてから、めちゃめちゃじゃんね」

「なんだと」

本多《ほんだ》はおれの地雷《じらい》をふんだ。怒《いか》りがどんどんふくらんでいく。

「おれは、おまえたちのやりたいように改造《かいぞう》させてやったんだぞ」

本多はいやな笑《え》みを見せた。

「ノブナガは、イエヤスが殿様《とのさま》ぶって自分らの自由にさせんかったっていうけど、自分はどうだ？　イエヤスにプログラムをかまわせんよう、自分らをしばっとる。いっしょじゃん」

「イエヤスと同じ、だと？」

おれは本多をにらみ返した。

「ノブナガはイエヤスのことをなーんもわかっとらん。なんでこの部を作ったか、知ってるか？」

本多の目が、よっぱらいのように、すわってきた。

「全員部活制《せい》なのは小学校んときから知っとった。でもおれたちイエヤス組には、いまいち入りたい部がなかった。それに井伊《いい》が、ときどき学校休んだりして、不登校になるんじゃないかってイエヤスは心配しとった。だから井伊《いい》の得意なことができる部をって考えて、この部を作ってほしいと頼《たの》んだじゃんね。わかるか？　その気持ち」

本多《ほんだ》は肩《かた》を震《ふる》わせた。

「自分は……こんな部はきらいだ。こんな部なら、いっそつぶれちまった方がせいせいする！」

本多はバンッと机《つくえ》をたたいた。

おれは反射的《はんしゃてき》に立ち上がり、本多《ほんだ》の胸《むな》ぐらをつかもうとうでを伸《の》ばしていた。その左うでを見て、おれは急に冷めた。

おれにとってこの部はそんな熱い場所だったのか？　なににたいしてこんなにいらだつ？

自分で自分がわからなくなり、だしたうでを引っこめるわけにもいかず、立ちつくした。本多は机《つくえ》にこぶしをごんごんと一定のリズムで当て続けた。

「こんなはずじゃあなかった。こんなはずじゃあなかった」

とりつかれたようにこぶしをぶつけ続ける本多の目は、血走っていた。残る三人は見たことのない本多にとまどい、あわてる。小早川《こばやかわ》は小声で何度も「本多、本多」とよんでいるが、本多には届《とど》いていない。榊原《さかきばら》と井伊《いい》は肩《かた》をよせあい、ふたりで防波堤《ぼうはてい》を築《きず》き、耐《た》えようとしている。

「くっだらねえ」

おれは吐《は》き捨《す》てた。

「負《ま》け犬《いぬ》どもめ。それだから勝てないんだ。きもしないやつをあてにするな。あんなやつ、いなくたっておまえらにも勝てる力はある」

榊原《さかきばら》と井伊《いい》は息《いき》を止めて固《かた》まった。小早川《こばやかわ》は疲《つか》れた顔でおれを見た。本多《ほんだ》はゆっくり顔を上げた。

「ノブナガは……ひとりで戦ってるんだな。自分はみんなで戦いたいから」

――ひとりで戦ってるんだな。

その言葉が、何度も何度も胸《むね》の内で響《ひび》き、ちくちくと心に刺《さ》さった。

みんなで、というならきもしないイエヤスの方こそ、ひとりで戦っているんじゃないのか？　あいつこそ自己中《じこちゅう》で、周りなんてどうでもいいと思っているんじゃないのか？

いいたい文句が次々浮かぶ。しかし、今の本多にかける言葉はない。

こいつらちっともわかっていない。

イエヤスは改造《かいぞう》に反対なのだ。おれが校長先生にかけあい、チャンスを得たのもおもしろくないだろう。プログラムを、なんて、のこのこ頼《たの》みにいったら、改造《かいぞう》はやめろといわれるのがオチだ。それなら、改造に明《あ》け暮《く》れた日々はなんだったんだ。

こいつらはおれの力を信じていないのだ。おれのことを本当にわかっていてくれたのは、やっぱりじーさんだけだ。

天才の孤独《こどく》。

信長《のぶなが》はどうやって乗《の》り越《こ》えていたのだろう。圧倒的《あっとうてき》な力で押《お》し切《き》ったんだろうか。

本多《ほんだ》はなおもイエヤスのことをもごもごいっている。

第一理科室は爆発寸前《ばくはつすんぜん》だ。連中はそれでもだまって本多を見つめるだけだ。いいようのない重さに耐《た》えている。いっそ取っ組み合いにでもなれば、このどろどろしたエネルギーは、ぱあっと分散されるだろう。なのに三河人《みかわじん》らしく、つつましく耐えぬくことしか知らない。

あぁ、もうだめだ。

おれは耐えきれず、外へ飛びでるしかなかった。

15　おれの助《すけ》っ人《と》

頭がぼーっとしていた。最後の最後でイエヤスに頼《たよ》るとは。いかにも三河武士《みかわぶし》だ。先祖《せんぞ》代々の親方様《おやかたさま》かなにか知らないが、とことん忠誠《ちゅうせい》をつくす。新参者《しんざんもの》のおれなど入るすきもない。

おれはなにもかもに腹《はら》を立てていた。

足のむくままふらふら歩く。電車の音に引きずられるように、まっすぐ南の方向へ。

石造《いしづく》りの小さな橋をわたると、その先には小道が続いていた。見上げれば、すっかり葉の落ちた木々が頭の上をおおっている。どうも岡崎城《おかざきじょう》のある公園に足を踏《ふ》み入《い》れたらしい。こんなにもすぐ近くにあったというのに、ここへは一度もきてはいなかった。いや、あえて避《さ》けていた。家康《いえやす》のにおいがしみついていて、葵《あおい》のご紋《もん》がいやらしくそこかしこに見えかくれして、どうにも肌《はだ》に合わない、と本能的《ほんのうてき》に感じていたからだ。

日没《にちぼつ》が近い。金色の日の光が、すとんとあっけなく沈《しず》んでいこうとしている。

坂を上りきった先は、いきなり開けた広場だった。その下にはけっこうな幅《はば》の川が流れ、川面《かわも》がきらきら輝《かがや》いている。そして横には黒々としてこじんまりとした、いかにも城《しろ》らしいたたずまいの岡崎城《おかざきじょう》があった。

おれは城がよく見える縁石《えんせき》に腰《こし》を下ろした。すぐ横の龍城神社《たつきじんじゃ》にも、お札《ふだ》などを売る場所にも、人気《ひとけ》はまるでない。それがみょうに落ち着けて、だれに遠慮《えんりょ》することもなく、はあと大きなため息をついた。

天才は孤独《こどく》だ。だれもおれのことをわかっちゃくれない。じーさんがいったとおりだ。周りに理解《りかい》されないのだ。でも、いつかきっとおれが正しかったことに、やつらも気づくことだろう。それまでの辛抱《しんぼう》だ。

呪文《じゅもん》をかけるように、おれは、もうなれっこになった慰《なぐさ》めの言葉を自分にいいきかせていた。

いつの間にかおれの周りに高校生くらいの男が三人、立っていた。腰《こし》パン、ポケットに光るチェーン、金髪《きんぱつ》。

三河《みかわ》にもこういう不良《ふりょう》らしい不良がいるのかと変なところに感心して、おれは三人をじろじろながめた。

「おまえ、このへんのやつじゃないだら」

一番背《せ》の高い金髪が口を開いた。

「そりゃ、おれら三人見ても逃《に》げねえんだもんな」

背の低いチェーンの男がいうと、三人はかったるく笑《わら》った。

「なんの用だ」

おれがたずねると、残るひとりがわざとらしくびっくりして見せた。

「へーっ。わかってないじゃん、こいつ」

そしてすごんだ。

「おれらの用事っていやあ、金を出せってことだってわからんかな」

「あいにくだな。持ちあわせはない」

返事をしてやると金髪《きんぱつ》が口調《くちょう》をまねした。

「『あいにくだな』だと。あいにくじゃ、こっちはすまされねえんだ！」

こいつらおそってくる気だ。冬の大会のあと、二年に囲まれたときは六対一だった。今は三対一。かんたんに負けてたまるか。

「はっ！　こいつひとりでヤル気じゃん」

「おれら最強チームに勝てるわけねえだら。バーカ！」

くそ！　「ひとり」とか「チーム」とか、こいつらにまでいわれたくない！

どっちがどう手を出したかわからない。気がついたときには、もみくちゃになり、腹《はら》をけられ、背中《せなか》をふんづけられ、うでをねじ曲げられ、なにがなんだかわからなくなっていた。

と、遠くから犬の鳴き声がしてきた。

ウォン　ウォン
もうろうとしていたが、こちらにむかってくるのはわかった。

ウォン　ウォン
おれを囲んでいた三人は、ふいにあわてだした。

「やばい。――だ」

「うへっ、こんなとこ見られたら、まずいぞぉ」

犬に追いかけられながら、あたふたと三人が逃《に》げていく音がした。

再《ふた》びあたりがしんとする。

六対一でも勝ったのに、なぜだ？　体の痛《いた》みに歯を食《く》いしばっていると、二年に囲まれたときのことが、いろいろよみがえってきた。

あのときやつらはこういった。

決勝点となったゴール。あれは武田《たけだ》にパスすべきだったのに、スタンドプレーをしたから負けたのだ、と。

『チームプレーを大事にしろ、チームプレーを』

おれがチームプレーをしていないとでもいうのか？　理解《りかい》してないのはそっちだろう。あのフェイントのシュートをフォローするのがチームプレーだろう。それができなかったことが問題だろう。おれは、おれの判断《はんだん》がまちがっていなかったことを説明してやった。するとやつらは鼻で笑っていったのだ。

『なるほど。おれ様《さま》、殿《との》様、信長《のぶなが》様だな』

信長をからかわれ、おれは暴《あば》れまくり、やつらは逃《に》げた、と思っていたが——。もしかして逃げたのではなく、おれをおき去りにしていった？

ひんやりとした風が、体の痛《いた》みをよび覚《さ》ました。

だれかがおれのすぐ横にやってきて、しゃがみこんだ。犬の飼《か》い主《ぬし》らしい。飼い主はおれをいたわるように肩《かた》に手をおき、優《やさ》しく耳元でささやいた。

「もうだいじょうぶ。だいじょうぶだから」

その温かな声と手のぬくもりに、いやな思い出が少しやわらいだ。

「けがはどう？　立てる？」

こんな顔を見せるのもいやで、返事もせずおれはうつむいたままだった。

女の人だ。それもどこかできいたことのある声。知り合いだろうか。

女の人はおれに肩《かた》を貸《か》して立たせようと、うでを背《せ》に回してきた。気はずかしくて、なんとか自力で立とうとふんばり顔を上げ、ぎょっとした。そこにいたのは、あのこにくらしい今河《いまがわ》だった。

「いまが……」

おれがいいかけると、今河はすかさずいいはなった。

「こんなしょぼくれた人、わたしは知らん」

ぴしっとはね返され、おれは中途半端《ちゅうとはんぱ》に開けていた口を、再《ふたた》びとじるしかなかった。

「でも、ちょうどわたしがここにきあわせたなんて、あんたよっぽど運《うん》のあるやつやな」

今河の軽口《かるくち》をきくうち、いつもの自分に戻っていくのを感じた。

「でぇ傷《きず》、見せてみりん」

今河《いまがわ》はおれの背中《せなか》をめくっていた。ひんやりした風が当たり、ぞくっとする。

「学ラン着とったから、たいしたことないわ。顔とか見えるとこは、あいつらけっとらんし。立てるか」

うながされるまま背を伸《の》ばし、ゆっくりと立ち上がる。全身がきしみ、頭のてっぺんからつま先まで痛《いた》みがツンときそうで、時間をかけて体を伸ばした。

「ちょっと休んだ方がいいかもな」

今河はおれのうでをつかみ、南側の階段《かいだん》に座《すわ》らせた。ちょうど、すぐ近くの街灯《がいとう》に、ぽっと灯《あか》りがともった。そのオレンジ色の光におれたちはつつまれた。

「にしても、このあたり一のワルにからまれるなんてな。ドリブラーとかキッカーとか、どう改造《かいぞう》するかーって頭がいっぱいで、あいつらにぶつかりでもしたんか？」

おれははっとして今河を見た。

なぜそんなことを知っている？　そういうことはトップシークレットじゃないの

か？

「いやいや、人ちがいだったな」

今河《いまがわ》はまたするっと涼《すず》しい顔に戻《もど》る。底知れない今河の裏《うら》の顔を見たようで、そら恐《おそ》ろしくなる。

「おまえこそ、このあたり一のワルをどうやって追いはらったんだ？」

おれがたずねると、今河はふふんと軽く鼻を鳴らした。

「わたしはこの辺じゃぁ、『顔』じゃんね」

「顔？」

「んまぁ……ひらたくいえば、ファンが多い？」

今河は自慢《じまん》げに鼻をツンと上へむけた。

「そんなことより歩ける？　家まで送っていこか」

「いや」

歩くのはきつかったが、いくらなんでも今河に送ってもらうのはまずいだろう、と常識《じょうしき》が先に立った。

そのとき風に乗って声がしてきた。

「ノブくーん」

今河《いまがわ》はじっと耳を澄《す》ませている。まさかあいつが？　おれも耳を澄ませる。

「もしかして、あんたにもファンがおるん？」

声はどんどん近づいてくる。まちがいない。今河もようやく声の主《ぬし》がわかったらしく、ぽんとおれの肩《かた》をたたいた。

「ほんと、運《うん》のあるやつやな」

そして白くてでかい犬をよびよせ、リードにつないだ。

「紀州丸《きしゅうまる》、いくよ」

「あ、ありが……」

おれがもっさりと礼を口にしたころには、今河《いまがわ》はもうさっそうと去っていったあとだった。そのうしろ姿《すがた》は、たしかに女王の風格《ふうかく》があった。

「やっと見つけたー」

きてくれたのは、榊原《さかきばら》と井伊《いい》だった。

「犬がえらくほえてたけど、なにかあったん？」

なぐられたことに気づかれぬよう、さりげなく答えた。

「いや、別にたいしたことじゃない。それより、おまえらこそ、どうしたんだ」

理科室を飛びだし、ここにきたのがずいぶん前のことに思えた。あたりはもうまっ暗だ。

「井伊《いい》がその……必死にぼくのうでを引《ひ》っ張《ぱ》って。ノブくんをあちこち探《さが》したんだ。そしたらこっちで犬がほえてたもんだから」

ふたりの顔をまじまじと見た。井伊は目が合うとすぐうつむいてしまった。この井伊がおれを探しにきてくれたとは。おれは、横に座《すわ》るよう手で示《しめ》した。

「井伊はさ、ノブくんにお礼をいいたかったんだよ」

そしてちらりとおれを見た。

「ほら、野球部の事件《じけん》のとき、ノブくん、このままじゃ泣《な》き寝入《ねい》りだ、井伊も浮《う》かばれないっていってくれたじゃん？　あれ、ほんと喜んでた。それに悔《く》いのないようにやれっていってくれたのも。ぼくも同じ気持ちだよ」

そして街灯《がいとう》の光でもわかるほどはにかんだ。

「イエヤスが、ロボカップって大会があるって教えてくれたじゃんね。そのために部まで作ってくれて。それに参加《さんか》できるってだけで喜んでた。ノブくんが入ってくれなかったら、今でもイエヤスのプログラムだけに頼《たよ》ってた。それでも十分満足だった。

でもこんなに楽しくはなかった。うまくいってもいかなくても、自分が考えた結果だからさ」

一言ひとことが、冷え切っていた心にしみた。

「井伊《いい》は、小学校んときのいじめがきっかけで、こんなふうになったじゃんね」

榊原《さかきばら》が、井伊のひざをぽんと軽くたたきながら続けた。

「水野《みずの》ってやつは、もともと井伊の友だちだったんだ。なのに井伊が発明で入賞したころから急にそっけなくなって、だんだんいじめるようになったじゃんね。くわしいことは教えてくれないけど、ずいぶんひどい目にあってたらしい。だからこの間はからかわれてあんなことを」

なるほど、それならわかる気がした。

「はじめはちょっとしたいきちがいだったらしいけど、それがどんどんエスカレートして、井伊が水野のことをばかにしてるって思ったらしいじゃんね。そうなると、ひとことでも口をきくと悪くとられるんじゃないかって、しゃべれんくなったって」

「そうだったのか」

「井伊《いい》は、ノブくんと本多《ほんだ》は、今ちゃんと話し合っておくべきだっていうじゃんね。こじれたら、大会にでるのだって気まずくなるからって」

そこで榊原《さかきばら》はひと息つき、星を数えるように空を見上げた。

「本多は……みんなでいっしょに、もめたりせずにってのをなにより大事に思ってる。ほいだもんであんなふうに……。本多も、うまくいかんもんだから、いらいらしていいすぎたって、後悔《こうかい》しとった」

本多のあの姿《すがた》。そして「ひとりで戦ってるんだな」といわれたこと。

今ここに榊原と井伊がきてくれて、つながりが切れてしまったわけではないのはわかった。が、だからといってかんたんに部に戻《もど》れるわけもない。

「ノブくんの気持ちはよーくわかるじゃんね。けど本多のいうこともわかる。本多はとにかくイエヤスに電話してみるっていっとった。きょうはもう遅《おそ》いから、あしたでいいよ。あした、勝つためにはどうしたらいいか、もう一度ちゃんと話し合おう、ね」

そこで井伊《いい》が大きなくしゃみをした。そういえばしんしんと冷えてきている。足元から寒さがはい上がってくる。

「うわっ、風邪《かぜ》ひく。もう帰ろまい」

榊原《さかきばら》がそういうのにつられるように、おれたちは立ち上がった。

しんと静まり返った闇《やみ》に沈《しず》む公園から、人の気配のただよう路地へとでてきた。車の走り去る音や揚《あ》げ物《もの》のにおいに、なんだか心安らいだ。

16　意地

その夜、おれはひと晩《ばん》考えた。

ノードまであと十二日。今のままだとあいつは当日の朝ふらっとやってきて参加するつもりだろう。イエヤスと事前に打ち合わせるべきかどうか……。

イエヤスに相談《そうだん》すべきなのは、おれだってわかっている。プログラムも見てほしい。どのロボットも完璧《かんぺき》に動いているとはいいがたい。特にN《エヌ》－1《ワン》は、キッカーもドリブラーもオムニもつけているから、きちんと動かすのは至難《しなん》の業《わざ》だ。相手がイエヤスでなく、どこかの教授《きょうじゅ》だったりしたら、まちがいなく頼《たよ》るだろう。

それに……。

おれはやっぱりフォワードとディフェンダーにこだわっている。通信でそういうことができるならと、貯金をおろしてこっそり電子部品もとりよせた。緑色の小さな四角い基板《きばん》だ。これを二機につけてプログラムを組めば……。

いやいや、イエヤスに頼《たの》んだりしたら、改造《かいぞう》はすべて元に戻《もど》せというのではないか。そんな目にあうくらいなら。

でも、でもだ。

心の声がきこえる。

――勝つことがすべてだろう。

それは、おれが小さいころからサッカーを続けてきて学んだことだ。

ええい!

おれは決めた。ノブナガたるもの、ちまちましたことにこだわっている場合ではない。勝つためにはたとえ相手がイエヤスだろうと、手を組むべきだ。

翌日《よくじつ》、さすがに本多《ほんだ》と顔を合わせるのは気が引けた。わざと部に遅《おく》れていき、ちらと部屋《へや》の中をのぞいた。

榊原《さかきばら》と目が合った。井伊《いい》もおれを見るなりうれしそうに顔をほころばせた。おかげで入るきっかけができた。

「おう、ノブ」

小早川《こばやかわ》が軽く声をかけてきて、本多《ほんだ》もこくりとうなずいた。

イエヤスの姿《すがた》はない。本多が電話するときいたが、やっぱりこないのか。

本多はゆっくりこっちへやってきた。

その角ばった顔を見る。気まずい空気が一瞬《いっしゅん》流れ、いっそ謝《あやま》るかなどと、らしくもないことを考えていると、先に本多が口を開いた。

「その……イエヤスに電話したらな、よければ手伝おう、といってくれたじゃんね。ただ……」

「ただ？」

おれがゆっくりきき返すと、本多はなぜだかびくびくした。

「手伝ってほしければ、家にこい、とまあ……そんなんで……」

なんだそれは！　ここにきてまだタカピーな態度《たいど》をとるのか？

本多《ほんだ》はおれの顔色をうかがった。

「なんか……はっきりいわんけど……今ちょっと忙《いそが》しいみたいじゃんね」

おれはカッとした。謝《あやま》るか、などと思ったことなどふき飛んだ。

「忙しい？　部が消めつするかもっていうのに、それ以上に大事なことがあるのか？」

四人はおれのどなり声に首をすくめた。

本多はうでを組み、目をとじ、しぶい顔でおれの怒《いか》りを体中で受けとめていた。そして怒りが一段落《いちだんらく》するのを気長に待ち、組んでいたうでを静かにゆるめ、肩《かた》の力をぬいた。

「自分らはこのあと、イエヤスんちへいくけど、ノブナガはどうする？」

「いけるか！」

小早川《こばやかわ》がそれでもすすめた。

「でもサ、ノブはイエヤスと組むんだろ？　いった方が……」

「いかない！」

こうなるともう意地だ。
なんでやつの家にいかなくちゃいけない？　部に顔を出すくらいできるだろうに。
それから一週間ほどして、イエヤスに頼《たの》んだプログラムの修正《しゅうせい》がすんだ、といって
四人はロボットを動かしていた。イエヤス本人はやっぱり部にこない。
ロボットの動きは格段《かくだん》によくなっていた。おれたちがねらった通りに、きちんと動
いている。これならたしかに三位入賞もいけそうだ。
そしてなぜか、おれの予想に反して、改造《かいぞう》はそのままになっていた。オムニもキッ
カーも。なぜ改造を許《ゆる》したのか、根ほり葉ほりきいてみたいところだが、そこはおれ
のプライドが許《ゆる》さない。
本多《ほんだ》は、なおもおせっかいをやく。
「大会もう四日後じゃん。きょうこそノブナガもいきん。イエヤスも心配しとった」
「おれのプログラムじゃ信用できんというのか」
「そうじゃなくて……ふたりはチーム……じゃん」

チームという言葉が耳にざらついた。
勝つためには、と決意したはずじゃなかったのか？
おれは自問する。
しかし改造《かいぞう》した部分をとりはずせといわれたら？
いや、本多《ほんだ》たちの改造も、そのままになっているじゃないか。
もんもんとするおれがカウンターパンチを食《く》らったのは、その翌日《よくじつ》のことだった。

17 思わぬ誤算《ごさん》

朝、登校すると、おれの教室の前に部員たちがむらがっていた。

小早川《こばやかわ》がおろおろしながら告《つ》げた。

「イ、イエヤスサ、インフルエンザだって」

インフルエンザ。それが意味することの重さを、初めは理解《りかい》できなかった。

大会は三日後である。三日でインフルは治らないだろう。出席停止だ。ということは、ノードに……イエヤスは……出られない。いや、同じチームのおれも、か？

ざわざわと「インフル」という言葉が体の中にしみてきた。まさかこんな形で大会出場の道をもぎとられるとは！

大会規定《きてい》にならんでいた文面が頭にちらついた。

――大会参加者は、出場登録《とうろく》をしたメンバーとする。

「で、でも、イエヤスだってことにして、だれか代わりに入れたってわからんだろう」

「そんなやつ、どこにいるのサ」

そりゃそうだ。部員六人全員で参加。今さらほかのだれがあのロボットを扱《あつか》える？

「あぁー。当日イエヤスいないなんて、めっちゃ不安じゃん」

小早川《こばやかわ》は、くずれるようにしゃがみこんだ。部員たちは、どいつもこいつも泣きだしそうな情《なさ》けない顔をしている。

「おい。やめろよ、そういう顔。よけい気がめいるだろ」

いつもならおれがどなればびくつくのに、それすら忘《わす》れてぼんやりしている。なにか手があるはずだ。なにか……。

「こういうときのために顧問《こもん》がいるんだろ？　おれ、交渉《こうしょう》してくる！」

ほとんどなんの役にも立っていない顧問。疫病神《やくびょうがみ》のように、よくない話を持ってくるだけの酒《さか》ティー。そのしりを、今こそ引っぱたいてやるときである。

「自分もいこうか」

本多《ほんだ》がぬっと一歩前にでた。

「とにかく試合に出んと。な」

本多が角ばった顔をにっとほころばせた。そのうす気味悪《きみわる》い笑みに救《すく》われた。おかげで未《いま》だ亡霊《ぼうれい》のようにつきまとう、机《つくえ》をなぐりつけていた本多の印象がうすまった。

「そう……だな。おれが暴走《ぼうそう》したら、止めてくれ」

本多とおれは目と目で言葉をかわした。わだかまりのいくぶんかは、たがいにそれで消えた、と感じた。

おれたちはま一文字《いちもんじ》に口を結び、職員室へ乗りこんだ。酒《さか》ティーは、花模様《もよう》のコーヒーカップなんぞ手にして、新任《しんにん》の女の先生とにこやかに語らっていた。

「酒井先生！」

声を張《は》り上げると、その場にいた先生全員がいっせいにこっちを見た。酒ティーはおろおろし、周りに頭を下げまくり、あわててこっちへやってきた。

「恩田《おんだ》くん。声はひかえめに」

おれはうでをつかまれ、強引《ごういん》にろうかに出された。ろうかならかまやしないだろう。おれはまた声を張《は》り上げた。

「イエヤスがインフルエンザになって、ノードに出られないんです。部を残せるかどうかっていう大事な試合なのに、あんまりです。なんとか出場する方法はないか、かけ合ってください」

「ま、まあ落ち着いて」

落ち着いてる場合か！

おれが一歩前にふみだしたら、本多《ほんだ》が腰《こし》をかかえて引きとめた。なぐりかかるのではないかと心配したらしい。おれは代わりに口でつかみかかった。

「おれたち自力で、ほんっとがんばってきたんです。おれだって、プログラムなんてむずかしいこと、いっぱい勉強して、ちっとはわかるようになったんです。イエヤスだって、イエヤスだって……」

そこまでいいかけ、言葉につまった。

おれはイエヤスのなにを知っている？

おれは今ここでなにをしているんだろう。おれが出たいから交渉《こうしょう》している。イエヤスがどうなろうと、知ったこっちゃない。おとなしくインフルで寝《ね》ていればいい。ただおれは出たい。タヌキ親父《おやじ》を、あっといわせてやるんだ！

とんとん、と本多《ほんだ》に肩《かた》をたたかれ、はっと我《われ》に返った。

「それ以上いわんでいいって。ノブのいいたいことは、ようわかったから」

そして本多はおれを押《お》しのけ前にでると、酒《さか》ティーとむき合った。

「頼《たの》みます。みんな、ほんとにようやりました。イエヤスは、縁《えん》の下の力持ちとして、自分らを支《ささ》えてくれました。ノブだって入部以来大活躍《だいかつやく》です。ノブとイエヤスのロボットが出られるよう、なんとかお願いします！」

本多は大いにカンちがいし、ほれぼれするほどさわやかに、さっと腰《こし》から体を折り曲げた。ほかの先生たちが、いったい何事かとじろじろ見ながらとおり過ぎていく。

そのたびに酒ティーはぺこぺこし、身をちぢめる。

「わ、わかりました。とにかく大会事務局《じむきょく》に問い合わせてみましょう」

酒《さか》ティーの額《ひたい》には、寒いのに汗《あせ》がふきだしていた。

「ありがとうございます！」

なんだかすっきりしないものが残ったが、本多《ほんだ》とともにもう一度深く体を折り曲げたのだった。

「いやあ、ノブ。ノブのこと見直したぁ」

酒ティーが職員室にもどっていくと、本多は鼻息もあらくそういった。

「イエヤスのために、こんなにも熱く頭を下げてくれるとは」

本多が能天気《のうてんき》にほめればほめるほど、おれは複雑《ふくざつ》な気分になった。

あくまでおれが出たいから交渉《こうしょう》にいったのだ。なのに結果としてイエヤスのぶんまで頼《たの》んだことになってしまった。そして本多はそんなおれに感激《かんげき》しまくっている。

なおもしゃべり続ける本多の横で、おれはむっつり口をとじたまま、ふわりふわりと教室へもどっていった。

18　イエヤスとむき合う

昼休み、おれは酒《さか》ティーによびだされ、職員室へとむかった。

大会事務局《じむきょく》に、なんとしても出たいとねばったところ、次の三つのいずれかの方法であれば、出てもよいといってもらえたそうだ。

①ロボットは二機とも登録《とうろく》メンバーのものをつかう。操作《そうさ》はおれがひとりで行う。
②一機のロボットは大会事務局のものをつかう。ただしプログラムは入っていないので、当日朝セットすることになる。
③一機を故障《こしょう》ロボット扱《あつか》いとして、一機だけで出る。

とにかく出られる。それをきいておれは心底ほっとした。

当日プログラムを組むなど、無理に決まっている。となると①か③の方法ということになる。一機で戦うのはどう考えても不利だ。勝ちをねらうなら、当然①ということになるだろう。イエヤスのプログラムなら、当日、本人がいなくても、かなりいけるだろう。

問題は、当日までおたがい相談することなく参加するのか、相談した上で二機でるか、だ。どうするかは、おれにゆだねられている。

改造《かいぞう》のこと、いけすかないやつだということ。さまざまな思いがめぐったが、今一番の願いは「勝つ」ことだ。部を残し、あのタヌキ親父《おやじ》をうならせてやることだ。

返事を待っておれの教室の前に集まっていた四人に、いわれたことを伝えると、部員たちはおどりださんばかりに喜んだ。

「よかったなぁ、ノブ」

「これでサ、勝利が見えてきたじゃんね」

「やっぱイエヤスがおらんのは、めっちゃ不安だけど、ロボットだけでもでてくれたら、それだけで気持ちがちがうじゃんね」

榊原《さかきばら》も井伊《いい》も肩《かた》をだき合っている。

本多《ほんだ》がほっと胸《むね》をなでおろす。

「ノブ、絶対《ぜったい》三位入賞してくれ。東海《とうかい》大会、みんなでいこまい！」

少し前までぎくしゃくしていたことなど、いつの間にか消え去っていた。部員たちとの距離《きょり》も、ぐっと一気にちぢまった。

おれの腹《はら》は決まった。

とにかくイエヤスの家にいく。

その先どうなるかは、それからのことだ。

授業後《じゅぎょうご》、本多に描《か》いてもらった地図を片手《かたて》に、イエヤスの家を目指した。岡崎城《おかざきじょう》の近くらしい。ほかの部員たちの家もそばだといっていたが、たしかにそいつらの家はすぐ見つかった。ただ、〝イエヤスの家〟と書かれたそれらしき場所はあまりに広く、どう見ても寺かなにかのようで、とても個人の家とは思えない。白壁《しらかべ》でぐるりを囲まれ、一周したら十分はかかりそうだ。

まさか、と思った。しかし本多《ほんだ》たちがうちにきたとき、意味深《いみしん》なことをいっていたし、先祖代々親方様《せんぞだいだいおやかたさま》だという話は何度もきかされている。

おれはその白壁《しらかべ》にそって歩き、入り口を探《さが》した。ちょうど南側にきたとき、木でできた、寺のようなごつい門がようやく見つかった。門はとじられていた。右横の木戸に〝徳山《とくやま》〟という表札がかかっている。インターホンのようなものもある。それでもまだ半信半疑《はんしんはんぎ》ながら、それを押《お》した。

『はい』

女の人がでた。

「岡中《おかちゅう》の恩田《おんだ》といいます。イエヤスくんに話があってきました」

しばらく沈黙《ちんもく》が続いた。だれかにとりつぎにいっているのかもしれない。

そして再《ふたた》び女の人の声がした。

『どうぞ中へお入りください』

木戸がぱかっと勝手に開いた。

おれは、そのちょっとせま苦しい木戸をくぐった。

中は寺ではなかった。ずいぶんでかくて古めかしい造《つく》りの二階建《だ》ての屋敷《やしき》が正面にそびえ、両側にはこぢんまりとした、いくぶん新しい平屋《ひらや》が、それぞれ一軒《けん》ずつ建っている。左の家からはワイワイガヤガヤ小学生くらいの声がする。開いている窓《まど》から中をのぞくと、大学生らしき人や、おばちゃんらが、子どもたちにおやつを配っていた。学童保育《がくどうほいく》のようだ。

エプロンを着けた女の人が、正面の屋敷からでてきた。

「こちらです」

ついていくと、開けはなたれた玄関《げんかん》のたたきに通された。正面にはトラの絵のびょうぶが飾《かざ》られ、両脇《りょうわき》にはよろいかぶとがおかれている。

「さあどうぞ」

くつを脱《ぬ》いで上がり、ついていくと、家はロの字型《がた》の造りで、それぞれの部屋《へや》がろうかでつながっていることがわかった。中庭《なかにわ》は純和風《じゅんわふう》で、古い家だがかなりきれいにリフォームされている。きょろきょろ見回していると、女の人がふいに立ち止まった。

「お坊《ぼっ》ちゃま、お連れしました」

「どうぞ」

女の人はお手伝《てつだ》いさんだったらしい。マスクをおれにわたし、着けるようにと指示《しじ》した。

「それではごゆっくり」

おれはマスクを着け、正面の引き戸をにらみつけ、ふうと息を吐《は》いてがばっと開けた。

畳敷《たたみじ》きの広い部屋《へや》だった。なんとまん中には、いろりがあり、鉄びんからしゅんしゅんと湯気がでている。イエヤスはでかいマスクをし、陶芸家《とうげいか》のような着物を着て、そのいろりばたに座《すわ》っていた。

「寝《ね》てなくていいのか」

おれがたずねると、ふんと鼻を鳴らした。しかし鼻がつまっているのかジュルッとしめっぽい音がした。

「起こしたのはきみだろう」

そういったっきり、イエヤスは、いろりに手をかざすばかりでなにもいわない。しかたがない。おれは当たりさわりのない話からはじめた。

「くるとちゅうにあったのは、あれは学童保育《がくどうほいく》か？」

イエヤスはいろりをむいたまま答えた。

「あれのせいでずっと忙《いそが》しかったのだ」

そして火ばしで灰《はい》をつついた。

「昔っから共働《ともばたら》きの家の子をうちであずかっていた。本多《ほんだ》たちもそうだ」

たしかにそんなことをいっていた。

「それを正式に学童保育にしてほしいという要望《ようぼう》があってね。母が中心になってすすめていたんだが、その指導員《しどういん》の人選やら遊ばせるカリキュラムやらの相談にのっていたんだ」

忙《いそが》しいというのも、まんざらうそではなかったらしい。

「で、きょうは……ロボカップの件《けん》かな」

ようやくイエヤスの方から切りだしてきた。おれはうなずき、出場できる方法があることをかんたんに伝えた。

本多《ほんだ》たちは、イエヤスがきいたらきっと大喜びする、とはしゃいでいたが、相変わらずの無表情《むひょうじょう》で、喜んでいるのかどうかまったくわからない。

ひととおりきき終えると、イエヤスは感情《かんじょう》の読めない声でいった。

「きみはどうしたいんだね」

「おまえのと二機で出る。それが一番勝利に近いと思うからだ」

そこへさっきのお手伝いさんがやってきた。いろりばたに、熱いお茶と、ひと口大に切ったとろとろカステラをまるっとワンホール分、おいていった。イエヤスはすぐ

カステラに手を伸《の》ばし、マスクを持ち上げ、次々口に放《ほう》りこんでいった。おれも遠慮《えんりょ》なくいただくことにした。

イエヤスは絶《た》え間《ま》なく口に運び、すべて食べ終えると、事務的《じむてき》にいった。

「とにかくN《エヌ》―1《ワン》を見せてくれ」

おれは自分自身の気持ちをもう一度たしかめてから、ゆっくり袋《ふくろ》に手を伸ばし、N―1をとりだし床《ゆか》においた。イエヤスはその様子をだまって見ていた。

「それにしても、よくまぁあれこれ改造《かいぞう》したねぇ」

あきれて首をふりながら、自分のロボッ

トと、中が透《す》けて見えるボールとをN《エヌ》―1《ワン》の近くにならべ、スイッチを入れ、動きを確認《かくにん》した。

N―1は一機だとちゃんと動くくせに、二機になるとボールを追うのに手間どる。加えてドリブラーも調子がいいとはいえず、ボールにふれても動かなかったり、逆《ぎゃく》にふれていないのに、前につけたドラムがくるくる回転したりする。

「どうもうまくいっていないね」

おれはぐっとこらえる。なにかいえばけんかになる。

イエヤスはノートパソコンをとってきた。そしてプログラムのチェックをはじめた。ざっと目を通すと意見を述べた。

「定番のプログラムは組めているよ。しかし改造《かいぞう》が多すぎて、混乱《こんらん》している」

おれはぶすっとふくれた。やはり改造をやめろといいだす気だ。

「勝つためには、キッカーとドリブラーをはずすべきだと提案《ていあん》するね」

思った通りだ。

「だけど、本多《ほんだ》たちのははずさなかったじゃないか」

抵抗《ていこう》すると、イエヤスは顔をしかめた。

「彼《かれ》らのはね、改造《かいぞう》が知れてるんだよ。三つも四つも改造しているわけじゃない。だからなんとかなった。でもここまで改造だらけだと、たとえばどの指示《しじ》を優先《ゆうせん》させて動かすのか、といったプログラムもかなり複雑《ふくざつ》になる」

頭ではわかっている。それでも気持ちは納得《なっとく》できず、おれはねばった。

「なら……せめて……」

言葉をなんとかしぼりだす。

「おれとおまえの二機を、フォワードとディフェンダーにしてほしい」

「フォワードとディフェンダー、か」

イエヤスはだまりこくった。うでを組んで天井《てんじょう》を見上げ、しばらくじっとしていた。そして眠《ねむ》ってしまったかと思うほど時が過ぎたころ、ぽつりと言葉を落《お》とした。

「それは……わたしとのチームプレーを望んでいると、そう受けとめればいいのかね？」

イエヤスはまるで先生かなにかのようにおれを見た。

なんだ、その上から目線は！　いっしょにチームを組もうって態度《たいど》じゃないだろう。このおれ様野郎《さまやろう》め！

そのときあの言葉が耳によみがえってきた。

——おれ様、殿《との》様、信長《のぶなが》様。

本多《ほんだ》はいったっけ。

——ひとりで戦ってるんだな。

ひとりですべてを支配《しはい》した気になっているイエヤス。スタンドプレー。

おれは……他人からは、まるでこのイエヤスのように見えていたってことか？

イエヤスはいつまでも返事をしないおれにしびれを切らし、「どうした」と声をかけてきた。

おれはゆっくり口を開いた。

「チームになるためにはまず……その上から目線はやめろよ」

イエヤスはそのちっこい目でおれをとらえ、見逃《みのが》してしまうくらいかすかにうなずいた。

「ならきみも――」

マスクをつまみながらイエヤスはいった。

「チームメイトであるわたしを信じて、N《エヌ》―1《ワン》のすべてをまかせてほしい」

すべてをまかせる、か……。

おれもイエヤスを見返し、小さくうなずいた。

それから家までどう帰ったのか、よく覚えていない。

イエヤスから連絡《れんらく》があったのは、大会当日の朝六時だった。

イエヤスは予防接種《よぼうせっしゅ》も打っているから、すぐ熱が引くと思っていたらしい。それが意外と長引き、予定がくるった。ロボットをいじっているのが見つかり、熱が下がるまでとり上げられてしまったとか。でも、部の存続《そんぞく》がかかっているからと説得して、熱が少し下がったとたん、また続けたという。昨夜は徹夜《てつや》だったらしい。ここまでくると超人《ちょうじん》だ。目は充血《じゅうけつ》してウサギのようだった。

ロボットを見て、おれは言葉をなくした。ドリブラーもキッカーもオムニも、はずされてはいなかった。それだけじゃない。なんと、おれがとりよせたのと同じ、通信の部品も、二機にとりつけられている。

「おい、これ」

「信じてまかせてくれといっただろう」

「けど」

「ごちゃごちゃいわず、とにかく全力をつくしてくれ」

そして、いざとなったらこれに頼《たよ》れと、手ぬいの小さな布袋《ぬのぶくろ》をおれの手にねじこんだ。

「なんだこれ。お守りか？」

イエヤスは、ふふんと笑った。

おれはその、お守りのような袋をぎゅっとにぎりしめ、駅へと急いだ。

19　風雲ノード大会

会場は名駅《めいえき》近くの企業《きぎょう》の体育館だった。

前回大須《おおす》へいったときには電車に乗るだけで大はしゃぎだった面々も、さすがにきょうは落ち着いている。ただどう見ても「敵陣《てきじん》へ乗りこんだ」としか見えない。顔が怖《こわ》い。必要以上に緊張《きんちょう》し、このぶんでは会場に着くまでに疲《つか》れてしまいそうだ。

もよりの駅に着き、人の流れにのみこまれそうになると、自然とおれのうしろに固まろうとする。迷子《まいご》にならないようにというつもりなのか、尾張《おわり》の荒波《あらなみ》に、おれを盾《たて》に突《つ》き進《すす》むつもりなのか。

しばらくいくと会場の体育館が見えてきた。

学校のそれとはかなり規模《きぼ》がちがう。人の出入りもひっきりなしだ。中に入ると暗《あん》幕《まく》でぴっちりおおわれ、最終調整をしているジージーというモーター音が響《ひび》く。ギャラリーも異様《いよう》に多い。ほとんどが小学生の親のようだ。そこここにビデオの脚立《きゃたつ》が立ちならぶ。いよいよ大会がはじまるのだという空気に、圧倒《あっとう》される。

きょうの大会は参加チームが五十以上とかなり多いので、とりあえずは勝ちぬき戦、つまりトーナメント方式で上位八チームを決め、その後の決勝はリーグ戦とする、と説明があった。

本多《ほんだ》の提案《ていあん》で、おれたちは、よそのロボットをぐるっと見て回った。

公民館の練習会とはレベルがかなりちがう。円柱状《えんちゅうじょう》のものが多い。中には壁《かべ》にぶつかってばかりのロボットだの、自めつしていくロボットだのもいるが、リモコン操作《そうさ》ではとあやしむほどスムーズに動くものもいる。全体にどれも動きが速い。オムニをつけていない方がめずらしいほどである。

「自分らだって、オムニは相当苦労してつけたっちゅうのに、小学生のチビがつけてんだから、まいるよな」

本多は首をふった。ドリブラーをつけているロボットはいないようだが、キッカーをつけているものはけっこういる。ロボット全体をレゴブロックで組み立てているロボットは、どんなに改造《かいぞう》してあっても、ブロックで作ったおもちゃの車のようにしか見えない。

ロボットに気をとられていると、背後《はいご》から声をかけられた。

「きょうはイエヤスは？」

そこには、今河《いまがわ》と付《つ》き人《びと》がいた。

「あっ」

おれは一瞬《いっしゅん》言葉につまった。「この間は」。そういおうとする口を封《ふう》じるように、今河はぐっとにらみつけ、気短かにくり返した。

「だから。イエヤスは？」

「あいつは……インフルだ」

それをきくと今河は目をぱちぱちさせ、急に天井《てんじょう》をむき、かっかっと豪快《ごうかい》に笑った。

「二年間の集大成って日に？　あいつらしいわ」

部員たちの前で、先日のことをいわせまいとしてくれる今河《いまがわ》に、感謝《かんしゃ》した。しかし笑いながらも目の端《はし》がさびしげで、イエヤスがいないのを残念がっているのが見てとれた。

「あっ、でもあいつのロボをあずかってて、おれがひとりで参加する」

「ふーん。そういう参加もアリなんだ。でもイエヤスがいないんじゃ、ぼろ負けだら」

「おれらを甘《あま》く見るな。絶対勝《ぜったい》って東海《とうかい》大会に出てやる」

「そこまでいうなら、かける？」

今河はいたずらっぽい目をむけた。

「ようし、受けて立つ」

「なら、ハーゲンダッツのクリスピーサンド・リッチキャラメル！」

「よっしゃ」

おれが今河と話している間、ほかの四人は電信柱のごとく突《つ》っ立《た》ったままだった。

そして今河の背中《せなか》が人ごみの中に消えていくのを見届《みとど》けると、ふう、とそろって肩《かた》の力をぬき、いつもの表情《ひょうじょう》に戻《もど》った。

小早川《こばやかわ》は口をとがらせた。

「いいよなぁ。ノブはサ、今河《いまがわ》にちゃーんと相手してもらえるもんな」

「別にたいしたこっちゃないだろう」

「おれなんて、塾《じゅく》でいっつも話しかけてんのに、無視《むし》されっぱなしでサ」

「あーっ！」

おれは大声を上げた。

「おまえだろう、キッカーとかドリブラーとか、大須《おおす》にいって改造《かいぞう》したこと、あいつに話したの」

「さあて、どうだったかなぁ」

小早川はひらりとかわす。

「トップシークレットじゃないのか？　小早川なんて、名前からして寝返《ねがえ》りそうであやしいし」

小早川《こばやかわ》はにやっとした。

「よくいわれるんだけどサ、おれんち、小早川秀秋《こばやかわひであき》とはぜんぜん関係ないから」

本多《ほんだ》が口をそえた。

「プログラムまでバレたわけじゃない」

「わかりゃしないぞ」

おれが小早川につめよると、本多はそのいかつい手でぽんとおれの肩《かた》をたたいた。

「だいじょうぶ。小早川はプログラムを理解《りかい》しとらんから」

トーナメント戦の間、ロボサッカー部が対戦した相手は、ほとんどが名古屋《なごや》の小学生だった。いかにも小学生が作りましたという、まともに動かないロボットもいたが、動きが正確《せいかく》で苦戦を強《し》いられる相手もいた。

榊原《さかきばら》・井伊《いい》のチームは、「未来《みらい》クラブ」という一団《いちだん》の、小学生と対戦していた。本多によると名古屋の町工場が運営《うんえい》しているクラブで、最近は世界大会を目指しているとか。

スタートの合図と同時に相手はビュンと飛びだした。めまぐるしく動くので、榊原《さかきばら》たちのロボットは、おいてきぼりを食《く》っている。ボールを見つけ榊原たちのロボットがそちらに体をむけると、相手はまるでその動きを察したようにボールにかけより、横どりする。なんとかとり返そうと井伊《いい》ロボが突進《とっしん》しても、相手のロボのスピードに負け、はじき飛ばされる。ようやくゴール前までボールを運びキッカーでけり出したというのに、その前をすっと横切ってボールをうばわれたときには、周りから「ああ」とため息がもれた。

世界をねらうチームには、足元にもおよばなかった。

このチームが決勝リーグに残った。

ほかに残れたチームは、同じく未来《みらい》クラブの小学生チームが二つ、本多《ほんだ》のチームとおれのチーム、今河《いまがわ》チームと名古屋《なごや》の中学生、あとは親ロボの合わせて八チームだった。対戦相手がだれだったか、という運《うん》もあるが、あれだけの中からここに二チーム残れただけでも、かなりのことだ。

おれは決勝リーグの初戦で親ロボの小学生と戦うことになった。

きょうのN―1《エヌワン》は、信じられないほど順調で、今さらながらイエヤスのプログラムのすごさを思い知った。ボールを見つけてからの動きの速いこと。ボールにすいよせられるように近づき、体にツンツンとボールを当ててドリブルし、力強くシュートを決める。フォワードらしく、積極的《せっきょくてき》にどんどん前へ出る。ドリブルをはじめるともう相手は手も足もでない。たとえボールをうばおうとやってきても、ボールはN―1から離《はな》れない。見ていると、まるでおれ自身が完璧《かんぺき》なサッカーのプレーをしているようで、じつに気分がいい。

イエヤスロボは、ゴール前を右に左に軽《かろ》やかに動き、ボールがくれば着実にけり飛ばす。落ち着きはらった動きは、どことなくイエヤス本人と似《に》ていた。

二機のコンビは注目の的で、未来《みらい》クラブの指導者《しどうしゃ》と思われるおとなたちも、強さの秘密《ひみつ》を探《さぐ》ろうと、腰《こし》をすえて動きを見守っている。

二機の間の通信がどうなっているのか、おれにはさっぱりだが、まるで相談しながら動いているようで、たがいにうまくカバーしながらあぶなげなく勝ちを決めていた。

本多《ほんだ》たちは初戦で未来《みらい》クラブのロボと当たった。

本多たちのオムニに対し、相手は二機ともメカナムホイール。銀色のホイール部分が、刃物《はもの》のように鋭《するど》く見える。ロボットのスイッチに手をかけ、スタート位置でむき合うと、相手も、小学生とはとても思えぬ、ずいぶん体格《たいかく》のいい男子だった。その鼻息でロボットがひっくり返るのでは、と心配になるほどの迫力《はくりょく》だ。

いざスタートすると、すさまじいスピードで、バンバン体当たりしてくる。

「くっそー」

本多はぶつけられるたび、歯をぐっと食《く》いしばる。力技《ちからわざ》の勝負だ。

小早川《こばやかわ》ロボは逃《に》げまどうばかりで、なかなかボールを追わない。逆《ぎゃく》に本多ロボはまともにぶつかるので、ときおり小さな部品が床《ゆか》に落ちる。

もう何度ぶつかったことだろう。ついに本多ロボが動かなくなった。オムニがこわれたらしい。本多はすぐさま体育館のすみの、囲いでおおわれたエリアに消えた。一機《き》になった小早川《こばやかわ》ロボは、鬼《おに》ごっこでもしているように相手から逃《に》げ回《まわ》り、ゲームになっていない。

「いけるぞー。チャンスだ」

「相手は素人《しろうと》だ。一気に落とせー」

まったく失礼な親集団《しゅうだん》だ。おれはすごみのある目で応援団《おうえんだん》をにらみつけ、思わず声をはり上げていた。

「いけいけ小早川、チャージ！」

それは名駅中《めいえきちゅう》サッカー部の応援だった。なぜだか今、自然に口からぽろりとでた。声をだすたび力が入る。

「いけいけ小早川、チャージ！」

それに合わせて、榊原《さかきばら》となんと井伊《いい》までもが声を合わせた。

「いけいけ小早川、チャージ！」

その声がロボットにも届《とど》いたのか、いやプログラムがこわれたのか、ジグザグに走りはじめた。相手が何事かとうろうろしているすきにボールに近づいた。そこへオムニをとりかえた本多《ほんだ》ロボがタイミングよく戻《もど》り、二機でボールを守りながら見事にゴールを決めた。

けれども終わってみれば、十対六。一歩およばずという結果だった。

おれも苦戦していた。未来《みらい》クラブもだが、名古屋《なごや》の中学生にも手こずった。なんといってもほとんど休憩《きゅうけい》もなく、連続出場というのがきつい。おれもだが、ロボットへの負担《ふたん》が大きい。最初はむかうところ敵《てき》なしの完璧《かんぺき》な動きを見せていた二機も、だんだん疲《つか》れが見え、プログラム通りに動かなくなった。ボールを追わず、かってに動く。少しこげくさいにおいもする。

「ああ。イエヤスがおったらなあ」

となりで見ていた本多が思わずもらしたが、それはおれのなげきでもあった。

五分の休憩中、とにかくこげくさいにおいの原因《げんいん》を探《さぐ》った。せまい板と板の間に顔を突《つ》っこみ、ショートしていないかを確認《かくにん》する。

「はあー」

うしろから大きなため息がきこえてきて、ちらっとそちらを見た。今河《いまがわ》だった。

「おまえがため息とは、めずらしいな」

手も目もロボットに集中しながら声だけかける。

「未来《みらい》クラブの小学生。うまくいかんのよ。あぁもう！　相手が名古屋《なごや》かと思うとなんかくやしくって」

「変なとこにこだわるんだな」

「やってるうちに、急にそう思えたんだから、しかたないじゃん！」

女王様《じょおうさま》とも思えないとり乱《みだ》しようだ。おれは笑いたいのをなんとかこらえた。

「らしくないな。自分に勝てるやつなんていやしない、って見下してやれよ」

今河はふいに黙《だま》りこんだ。作業の手も止めたのか、物音もしない。が、しばらくするとつきものが落ちたように、すっきりした声がきこえてきた。

「自分に勝てるやつなんていやしない、か」

もういつもの今河《いまがわ》だった。

「たしかに自分らしさ、忘《わす》れてたじゃんね。三河《みかわ》の底力を思い知らせてやろう！」

そして貴重《きちょう》な時間をとりもどすように、軽快《けいかい》にキーを打つ音が響《ひび》いた。頭の切りかえの早いやつだ。おれもよしっと意気ごみ、はんだづけを終わらせた。だが不安だらけだ。「イエヤスがおったら」。本多《ほんだ》のつぶやきが耳によみがえる。

いてくれたら、たしかにもっとましな修理《しゅうり》ができるだろう。まったく。かんじんなときにおまえってやつは！

そしてふと思い出し、あわててポケットを探《さぐ》った。

お守り！

小さな布袋《ぬのぶくろ》の中をのぞくと、中には万一のときの応急処置《おうきゅうしょち》が書き連《つら》ねてあった。

――連続出場で疲労《ひろう》したときは、N《エヌ》―1《ワン》のスピードをダウンさせ、わたしのロボのプログラムを以下のように変えてフォワードにし……。

「あと二分です」

スタッフの声が響《ひび》く。大急ぎでプログラムを変更《へんこう》し、フィールドにかけもどる。囲《かこ》いのすぐ外で心配げにこちらを見ていた本多《ほんだ》に、声をかけた。

「ありがとな！　おまえのおかげで大事なことを思い出せた」

本多は、なぜ礼をいわれるのかわからず、きょとんとしている。

後半十分。N《エヌ》―1《ワン》はその場でくるくる回るだけだったが、イエヤスロボが進化をとげた。動きはのろいが、相手の動きをじっと見守り、効率《こうりつ》よく動いてボールを奪《うば》う。一度ボールを手にすれば、コツコツとリズミカルな音を立て、その角ばった体にボールを当て、ゴールへむかう。残る三機が疲《つか》れ切《き》ってろくな動きができない中で、イエヤスロボだけが、たった今フィールドに立ったように、着実な動きを見せる。前半に開いてしまった得点差を一つひとつちぢめていく。疲れ知らずの姿《すがた》は、イエヤス同様超人《ちょうじん》だ。

そして最後の十秒。ついに勝《か》ち越《こ》しとなるゴールを決めた。大金星《だいきんぼし》だ。

「うおーっ！」

ゴールの瞬間《しゅんかん》思わず飛び上がると、部員みんながかけより、ハイタッチした。

こうして試合は山あり谷あり。困《こま》ったときにはお守りを広げ、なんとかしのいだ。残るは今河《いまがわ》との対戦。

おたがい四勝二敗。ここで勝った方が三位に残れる。本多《ほんだ》たちはすでに全試合を終え、二勝五敗で、三位入賞圏外《けんがい》となっていた。

「遠慮《えんりょ》はせんからな」

ロボのスイッチに手をかけつつ、今河は鋭《するど》い目で宣戦布告《せんせんふこく》した。

「三、二、一、スタート」

いよいよ死闘《しとう》のはじまりだ。

二機ともオムニの今河チームは、スタートと同時にフィールドを我《わ》が物顔《ものがお》に走り回った。フォワードになったイエヤスロボは、その動きに圧倒《あっとう》されながらも、着実にボールに迫《せま》る。が、あと一歩というところでボールをかすめとられる。なかなか点に結びつかない。

N《エヌ》―1《ワン》はというと、ゴール前で、慣《な》れないディフェンダー役を果たしている。いったんボールを手にすれば、ドリブラーが動きだし、かんたんにボールをとられはしない。スピードがあれば、おれたちにチャンスがあるだろう。だがそれを望むのはむずかしい。

それだけではない。今河《いまがわ》チームはこちらの改造《かいぞう》を予想《よそう》して、N―1にドリブルとシュートをさせないよう、付《つ》き人《びと》ロボがN―1を完全にマークするプログラムになっていた。おかげで動きをふうじこめられ、いらいらぐるぐる回る。

――フォワードとディフェンダーとした場合、一機になったとき不利だ。

そうイエヤスらが予言していたような状況《じょうきょう》が展開《てんかい》している。イエヤスロボはフォワードになったとはいうものの、スピードが足りず、一機ではどうにも得点につながらない。

と、イエヤスロボと今河ロボが激《はげ》しくぶつかった。今河ロボはたいしてダメージを受けなかったようだが、イエヤスロボからはジッとかすかな音がして、小さな部品が落ちた。故障《こしょう》か？　と思ったが、動いてはいる。ただボールを追わなくなってしまった。どう直せばいいか、おれにはわからない。

なすすべもなく見守るうち、ボールが壁《かべ》に押《お》しつけられたままロボットもボールも身動きがとれなくなった。審判《しんぱん》がボールを持ち上げ、少し離《はな》れたところにおいた。そこはおれたち側のゴールに近かった。

今河《いまがわ》は口のはしを持ち上げて不敵《ふてき》に笑った。イエヤスロボが不調な今、絶好《ぜっこう》のチャンスと思っているのだろう。

今河のチームは二機ともすぐさま壁から離れ、ボールを追った。そして力強くけり、ズンとまっすぐゴールした。

あっという間だった。おれたちのロボ二機は、壁から離れることすらできなかった。

前半を終えて五対六。休憩《きゅうけい》になったとたん、おれは囲いにかけこんだ。

後半戦はきょう最後の試合。一点を追う立場だ。ほんとはN《エヌ》―1《ワン》のスピードアップをしたいところだが、負担《ふたん》がかかり過ぎてショートしたことを思うと無茶はできない。電池を新しい物にとりかえると、かなり熱くなっていた。

背後《はいご》では今河《いまがわ》と付《つ》き人《びと》がプログラムの調整をしている。今河たちのロボットも、きょう最初に見たときほど動きのキレがない。四機ともとももう限界《げんかい》を超《こ》えている。

配線が切れているのが明らかなところだけ修理《しゅうり》し、おれはフィールドに戻《もど》った。イエヤスロボの不調は、どうすればよいのかわからないし、時間もなかった。

おれは深呼吸《しんこきゅう》し、顔を上にむけ、体育館特有の丸くてでかいライトを見て祈《いの》った。

「イエヤス、力を貸《か》してくれ！」

最後の十分。最後のチャンス。これですべてが決まる。

「三、二、一、スタート」

今河だって東海《とうかい》大会がかかっている。フィールドから一秒たりとも目を離《はな》さない。

いったんスタートさせてしまえば、もうなにもできない。それがこのサッカーの一番つらいところだ。我《わ》が子《こ》をひたすら信じて見守るしかない。すでに試合を終えた出場者や親たちも、三位決定戦のフィールドに続々集まってきた。

四機がのろのろ気まぐれに動きまわる。一応《いちおう》ボールを追ってはいるが、パスもディフェンスもどのロボもいまいちあやしい。ジーッジーッという苦しげなモーター音は、ロボットたちのうめき声だ。それでも命《めい》ぜられたとおり動こうと、ぶつかり合い、ボールを求めてさまよう。傷《きず》だらけになり、なお戦士のように戦う。

間もなく、またこげくさいにおいが鼻についた。さっきとは別のところがショートしたらしい。N《エヌ》―1《ワン》は、プログラムなどまったく無視《むし》して動くようになった。かつてに前進したかと思えばピタリと止まる。ときにはイエヤスロボの邪魔《じゃま》をする。これではどうなるのか、予測《よそく》がつかない。

しかしおかげで相手のロボを壁《かべ》まで押《お》しつけたり、相手の進路を邪魔したり、思いがけない活躍《かつやく》もした。動かなければ故障《こしょう》ロボットとみなされフィールドからだされるが、一応動いてはいるので、そのまま試合は続行される。

イエヤスロボは、そんな状況《じょうきょう》でも、イエヤスのように落ち着いて見えた。さっきは調子がおかしかったが、いつの間にかだんだん元に戻《もど》り、ちゃんとボールを追うようになった。

「いけいけノブナガ、チャージ！」

「いけいけイエヤス、チャージ！」

応援《おうえん》も力が入り、声もピタリとそろう。

そのとき信じられないことが起きた。

N《エヌ》―1《ワン》とイエヤスロボが、まるでその応援をきこうと耳を澄《す》ますように、いったん動きを止めた。と、見ちがえるようなスピードで二機が同時にボールを追い、イエヤスロボがボールに追いついたのだ。

「おーっ。きこえてるのか？」

おれは思わずN―1とイエヤスロボに声をかけていた。

「二機で並走《へいそう》してパスだ！　付《つ》き人《びと》ロボを入れさせるな！」

二機は相手ロボをうまくよけ、横にならんで走り、ずんずんゴールにむかった。

そしてイエヤスロボがN《エヌ》—1《ワン》にすばやくパス。N—1はドリブラーを始動させ、安定したドリブルを見せた。ゴール前に立ちはだかる今河《いまがわ》ロボをものともせず、さらに前へと押《お》し進《すす》み、力強くキッカーでシュートした。頭で思い描《えが》いたとおりの、見事なチームプレーだ。

「うおーっ！」

ギャラリーの四人は、だき合って喜んだ。ついに同点！　東海《とうかい》大会が一歩近づく。

興奮《こうふん》冷《さ》めやらぬうちに、今河《いまがわ》チームからキックオフとなった。

すぐさまスイッチを入れ、四機のロボが動きだした。そしてものの五秒。今河チームはぽんぽんと魔法《まほう》のようにボールをパスし、すとんと一点入れた。と同時に審判《しんぱん》の声がした。

「終了《しゅうりょう》です」

終わった。六対七だ。あまりにあっさり一点返され、なんだかまだ信じられない。

せめてもう少しねばれたら。後悔《こうかい》の念があとからあとから押しよせ、ぐっとのどがつまった。

それなのに部員たちに盛大《せいだい》な拍手《はくしゅ》で迎《むか》えられた。

「ノブ、三位だぞ、三位」

なにカンちがいしてんだよ。おれはそっぽをむいた。が、やっぱり気になり部員たちを見た。四人とも顔が涙《なみだ》と鼻水でぐしゃぐしゃである。

「よくがんばったよ」

「これで部もつぶれんですむ！」

おれは声をつまらせながら訂正《ていせい》した。

「お、おい。おれたちは四位だぞ。廃部《はいぶ》は――」

それをさえぎるように、榊原《さかきばら》が叫《さけ》んだ。

「二位のチームが失格《しっかく》になったってー。車検《しゃけん》ごまかしてて！」

きいているうち、肩《かた》からおもしがふわっととれた。そんなにも力が入っていたのかと、我《われ》ながらびっくりだ。

本多《ほんだ》が大きな声で叫《さけ》ぶ。

「ようし、きょうは福々屋《ふくぶくや》で祝勝会《しゅくしょうかい》だぁ」

小早川《こばやかわ》も踊《おど》りながらはしゃぐ。

「ひゃっほー」

すると、そっと背中《せなか》をたたく者がいた。ふり返ると顧問《こもん》の酒《さか》ティーがひょろっと立っていた。顧問らしく開始前の声かけをすることもなく、たんなる観客《かんきゃく》のひとりとしてやってきたに過ぎないが、それでもここまで足を運んだのは驚《おどろ》きだった。

「奇跡《きせき》だね」

酒ティーは無表情《むひょうじょう》のままいった。

おれは酒ティーの目を見つめたまま、ゆっくり首を左右にふった。

「いえ、これがおれらの実力です」

酒ティーはたじろぎ、うすく笑った。

「東海《とうかい》大会も勝ち上がりますから、部費、よろしくって校長先生にお伝えください」

酒《さか》ティーは胃《い》が痛《いた》くなったような顔をした。

「恩田《おんだ》くんみたいな強気、うらやましいよ」

そして夏の終わりのカマキリのように、やつれた面持《おもも》ちで、二度三度手をふり、出口へむかった。

「せんせーい。あとで福々屋《ふくぶくや》で祝勝会《しゅくしょうかい》やりますからー」

「待ってますよー」

酒《さか》ティーは一度だけこっちに顔をむけ、さびしげにほほ笑んだが、そのまま去った。

あのタヌキ親父《おやじ》がどんな顔で酒ティーの報告《ほうこく》をきくのか。イエヤスのいうように、やる気を引きだすためだったのなら、にんまり笑うだろう。だがつぶれた方が野球部の問題も丸く収《おさ》まる、そう思っていたのなら……。今から報告にむかう酒ティーに少しばかり同情《どうじょう》した。

大さわぎも一段落《いちだんらく》して帰り支度《じたく》をはじめたころ、おれを見下ろすように、だれかの影《かげ》がかぶさった。

「約束のハーゲンダッツ」

〝クリスピーサンド・リッチキャラメル券《けん》〟と書かれた、はやりものの犬のキャラのメモ用紙が、目の前に突《つ》きだされた。今河《いまがわ》だった。

「近くのコンビニ見てきたけど、なかった。今度おごる」

今河がキャラの犬のメモとは、どうにもしっくりこず、おれは居心地《いごこち》悪く今河の手を押《お》し戻《もど》した。

「おれたちはおまえに負けたんだ。だったらおれもおごる」

「変なとこ、りちぎだなぁ」

今河はいき場のなくなったメモ用紙のすみをつまみ、ぴらぴらさせた。

「まあじゃ、近々いっしょにおごりっこってことで」

今河はメモを引っこめた。おれは「んん」と小さくせきばらいした。

「この間はありがとな。みんなの前でバラさんでくれて助かった」

今河は目を見開き、すっとぼけた。

「はぁ？　それなんのこと？」

なるほど、こういうところが本多《ほんだ》や小早川《こばやかわ》はキューンとくるんだろう。遅《おそ》まきながらおれも、今河《いまがわ》がただの女王じゃないのがわかってきた。ありがたく、その話題は避《さ》けることにした。

「ところで……きょうの試合だけど。小早川から情報《じょうほう》もれてたんだろ」

今河はつんとすました。

「いつも、頼《たの》んでもいないのに、いろいろ教えてくれるじゃんね。サッカーバカが入部するとか、大須《おおす》へいくとか」

そんなころからか、とため息がでる。

「でも、どう改造《かいぞう》するかまでは口をわらんかったよ。だもんであんたに、ドリブラーとかキッカーのことでも考えてたのか、ってカマかけたんじゃん」

おれには覚えがない。首をかしげていると、今河が小声でささやいた。

「岡崎城《おかざきじょう》でおそわれたとき！」

せっかくだまっていてやったのに、なんてやつだと眉間《みけん》にしわをよせる。

ああ、とおれは棒立《ぼうだ》ちになる。

「あんた、きいたとたん、今みたいに突《つ》っ立《た》っとったでしょ。だもんでくさいってふんで、その対策《たいさく》をとったんよ」

なんのことはない。はめられたのはおれだったのだ。

今河《いまがわ》が、気持ちを切りかえるように、すずやかな声でいった。

「次は東海《とうかい》大会じゃんね」

おれもうなずく。

「今度はイエヤスもいっしょだからな。そうかんたんには負けん」

「わたし、信長《のぶなが》も家康《いえやす》も好きなんだから。名前に負けんような戦い見せてよ」

一瞬《いっしゅん》ドキッとした。

それはどういう意味なのか。今のは本物の信長と家康のことなのか、それともおれたちのことなのか。いやいや、イエヤスとひとくくりにされるなど、許《ゆる》しがたい。

そんなことをあわただしく考えていると、今河《いまがわ》は、後片《あとかた》づけの進む会場をぼんやりながめながら、ぼそりと話しはじめた。

「うちの学校にさ、『三河《みかわ》の力を信じなさい』ってのが口グセの先生がおるけど、きょう、それがわかった気がしたわ」

「なんだよそれ。家康《いえやす》パワーか？　葵《あおい》のご紋《もん》をつけりゃなんでもＯＫ《オーケー》とか、予行といって、体育大会を実質《じっしつ》二回やっちまうパワーとか？」

「はあ？　なにそれ。そんなんするの、岡中《おかちゅう》だけでしょ？」

そうなのか？　おれはあわあわと、口をとじたり開いたりした。

「名古屋《なごや》のロボットと戦ってるとき、名古屋ってもんと張《は》り合ってる自分に気づいたじゃんね。負けるのがくやしくてたまらない。応援《おうえん》でやじとばされたりすると、よけいに」

たしかに親の応援はひどかった。

「わたしはさ、岡崎《おかざき》がいやで、自分ちの古いしきたりもいやで、とっととでていきたいってずーっと思ってたじゃんね。なのに三河《みかわ》をすんごく意識《いしき》してんの。天下の家康《いえやす》の岡崎《おかざき》よ。負けてたまるかーって。笑っちゃうよ」

今河《いまがわ》はそこで少しだけふうと息を吐《は》いた。

「根っこがもう……ここに生えてんだろうな。自分では気づかんかったけど」

「わかるよ、それ」

おれもしんみりうなずいた。

「三河の力を、っていう先生はさ、もともと名古屋《なごや》の先生だったのに、わざわざ再受《さいじゅ》験《けん》までして三河にきてんの。でも外から見てるから、うちらのこと、よくわかるのかもしれん」

頭から水を浴《あ》びせられた気がした。

「そいつ、こういうんだ。『尾張《おわり》の信長《のぶなが》や秀吉《ひでよし》は長続きしなかったのに、三河の家康は、三百年も戦《いくさ》のない世界を築《きず》いた。どうやって成功したのか。本を読むだけではわからない秘密《ひみつ》を、ここで探《さぐ》っている』って」

今河《いまがわ》は、ばかにしたように口元で笑った。でもおれは笑えなかった。

「『家臣《かしん》たちはこの地に根づき、強い信頼《しんらい》関係でつながり、一丸《いちがん》となってチームプレーを続けてきた。それが三河《みかわ》の強さだ。根っこをしっかりここに下ろしている子は、少しくらい風にふかれたって、びくともしない。三河の力を信じてがんばりなさい』ってさ」

そのとき、ようやくおれもわかった。なよい親父《おやじ》が、なぜあれほどがんこに引《ひ》っ越《こ》しを決めたのか。

親父はおれがサッカー部でひとり浮《う》いていることに気づいていたのだ。それで夏の大会に出たいのか、などとわざわざたずねたのだ。このままではおれがだめになる、と心配していたのだろう。かーさんもそれを知っていたから、都会のマンション暮《ぐ》らしをあきらめ、引っ越す気になったのだ。

信長《のぶなが》と自分を無理やり重ね、現実《げんじつ》を見まいとしてきた自分がすごく小さく思えた。

信長が位牌《いはい》に香《こう》をぶつけたのは、決別宣言《せんげん》ではなく、もっと親父と語りたかったのかもしれない。なんで死んだんだ、と、もう間に合わないことを悔《く》やんでいたのかもしれない。

恩田伸永《おんだのぶなが》。本物の信長《のぶなが》とはわざわざちがう漢字をあてたのは、たったひとりの、だれかのそっくりではない人になってほしい、そんな願いもこめられている気がした。

「さっきの名古屋《なごや》のクラブチーム、殺気立っとって怖《こわ》かったわ。ちょっとミスすると、指導者《しどうしゃ》らしき人が舌打《したう》ちするじゃんね。そのたびに小学生たち、びくびくして。やっぱり三河《みかわ》の力ってやつ、信じてみたくなったわ」

今河《いまがわ》は尾張《おわり》とぶつかることで三河のよさに気づいた。おれは三河にきたことで三河のよさも知った。が、尾張のよさも、離《はな》れたからこそ見えてきた。

たしかに昔ながらの結びつきは、三河の方が強い。だが尾張にだって、根っこをはっているやつもいる。仲間を信じる力も、なにも三河に限《かぎ》ったことではない。わくわくする活気や、どんどん新しい物をとり入れていく精神《せいしん》もおれは好きだ。

尾張と三河と。たしかに大きなちがいはある。境川《さかいがわ》はやっぱり意味のある川だと思う。でもそれぞれによいところがあり、それぞれに味がある。親父《おやじ》はそんなことを考えるきっかけを、おれに与《あた》えたかったのだろう。

「んじゃ三月の東海《とうかい》大会で！」

今河《いまがわ》は瞳《ひとみ》を輝《かがや》かせ、カッコよくてまぶしかった。会場を去っていく今河のぴしっと伸《の》びた背中《せなか》は、おれに力をくれた。

20　永遠《えいえん》に世界にむかって伸《の》びる

福々屋《ふくぶくや》にたどりついたころは、もう夕食どきだった。

がたがたの引き戸を開けると、「おう」と四人が顔をむけた。

いや、五人いる⁉

「イエヤス？」

小早川《こばやかわ》が親指をくっと立てる。

「ちょっとだけならサ、これそうだっていうから連れてきた」

きょうは本多《ほんだ》が仕切っている。

「玉子おでん、だれ？　お好みミックスは？」

こってりしたにおいが店内に広がる。油《あぶら》じみてカッコ悪くてダサい店だが、今は、一度なじんでしまったら離《はな》れられない温かさがおれにもわかる。

イエヤスは徹夜《てつや》がたたったのか、いつになくひょろひょろしている。おれが横に座《すわ》ると小声でささやいた。

「ご苦労様。ちゃんと仕事をしてくれたそうじゃないか」

らしくない言葉に驚《おどろ》きながら、答える。

「こっちこそ。とくに前半は指示《しじ》どおりばっちりだった。見せてやりたかったぞ」

ふふん、とイエヤスはふくみ笑いをした。

「おれ——今回のことで、おれは天才じゃないってつくづくわかった」

おれはイエヤスの顔をあえて見ようとはせず、前をむいたまま続けた。

「おまえみたいなのをほんとの天才っていうんだ。おれはずっと天才だと思うことで、事実から目をそむけてた。ちゃんと現実《げんじつ》ってものを見るようにするよ」

イエヤスは、となりで落ち着かなげにもぞもぞしていた。

「ところでなんで通信をつける気になったんだ？　不要な改造《かいぞう》はするな、がおまえのモットーだろ？」

イエヤスは顔を上げ、宙《ちゅう》にむかって話しだした。

「去年わたしはペアを組めず、裏方《うらかた》に回った。生まれながらにして人を世話する立場にあってね。だれかと組むというより、上に立って守ってやることが多かった。だから気にはならなかった。いや、そう思いこもうとしていた」

そこでイエヤスは湯のみをつかみ、ぐっと一気にお茶を飲みほした。

「でも今回はきみが現《あらわ》れた。ばかばかしいほど新しい物をとり入れようとし、改造《かいぞう》にこだわる様《さま》を見て、さすがにちょっと改造をしてみたくなった。チームでいたいくせに、ぎくしゃくして空回《からまわ》りしているきみを見て、ある意味、うらやましかった」

ほめているのかけなしているのか、いかにもイエヤスらしい。でもイエヤスは自分のことをちゃんとわかっていたのだ。おれは最後の最後までわかっていなかったというのに。

「わたしはお山の大将《たいしょう》だったよ。上に立ち、内を守ることしかしてこなかったが、そうではないときみに気づかされたよ。上に立つばかりではなく、中へ入ってみる。よいものはとり入れる。そしてもっと外を見回し、冒険《ぼうけん》することも必要だとね」

外を見回す、か。

おれはやっぱりまだまだちっさい男だ。

イエヤスの話をきくうち、ひしひしとそれを感じた。

本当の信長《のぶなが》は、三河《みかわ》とか尾張《おわり》とか、そんなくだらない境界《きょうかい》なんて考えていなかっただろう。目線は常《つね》にその先の世界にあった。

そしてとたんにあることに気づいた。

なるほどな。永遠《えいえん》に、世界にむかって伸《の》びる、か。

親父《おやじ》、ようやくわかったよ。

おれは伸永《のぶなが》。

もっともっと大きな男になってやる！

あとがき

奈雅月《ながつき》ありす

愛知《あいち》県は、昔、尾張《おわり》と三河《みかわ》、ふたつの国でした。信長《のぶなが》と秀吉《ひでよし》を生み、徳川御三家《とくがわごさんけ》であったことをほこりに思い、せかせかした尾張びと。家康を生み、その家康が部下をひきいて江戸《えど》に入ったのだから江戸の大本は三河だといいはなつ、どっしりかまえた印象《いんしょう》の三河びと。尾張と三河は昔から文化や人の気質《きしつ》にちがいがあるといわれていきます。つきつめれば信長と家康のちがいといえるかもしれません。

わたしが通った大学も、尾張と三河にあった学校をひとつにまとめる際《さい》、どちらに建てるかでさんざんもめて、最後には「境目《さかいめ》」に建てることで決着したそうです。そして尾張のわたしは、そこで出会った三河びとに、たいへんなカルチャーショックを受《う》けました。

とにかくテンポがとてもゆったり。話し方も、歩き方も、車のスピードも。あいづちをうつとき「んだらー」といわれると、ひょうしぬけします。友人が、家を建てかえたというので、いつ引《ひ》っ越《こ》したのかとたずねると「ぼちぼちしとるじゃんねー」という返事。引っ越しは一日でするものと思っていたわたしは、絶句《ぜっく》しました（いや、彼女《かのじょ》の場合は特別でしょうが）。

同時に、自分がいかにせかせかと生きているのかと思い知ったのでした。

このお話は、そんな尾張《おわり》と三河《みかわ》を代表するふたりが主人公です。彼《かれ》らが協力してロボサッカーをする、という思いつきから生まれました。信長《のぶなが》をあがめるノブは、あれこれさわぎを起《お》こします。でも、ばかにしていた三河の仲間《なかま》たちのペースに巻《ま》きこまれ、少しずつ変化していきます。個性豊《こせいゆた》かな登場人物たちを、身近に感じていただければ、うれしいです。

あなたにも、自分とはちがう、と思う相手や環境《かんきょう》があるかもしれません。でもそこに飛びこんでみたら、ノブのように、なにかが変わるかもしれませんよ。

奈雅月ありす
（ながつき　ありす）

愛知県生まれ。愛知教育大学教育学部史学教室卒業。小学校教諭を経て、創作活動に入る。本作で第２回ポプラズッコケ文学新人賞大賞を受賞（原題は『ノブナガ、境川を越える――ロボカップジュニアの陣』）、デビューとなる。

曽根　愛
（そね　あい）

茨城県生まれ。学習院大学、セツ・モードセミナー卒業。本や雑誌の装画や挿絵で活躍中。装画・挿絵の仕事に『チア男子！』『満月のさじかげん』『どうにかしたい！』『食の職』『相撲のひみつ』『海辺の博覧会』『ハブテトルハブテトラン』など多数ある。

P20　参考文献　『覇王の家』司馬遼太郎　新潮社　1997

ノベルズ・エクスプレス 20

おれたち戦国《せんごく》ロボサッカー部《ぶ》！

発行 2013年 3 月 第1刷

作家 奈雅月ありす
画家 曽根 愛
発行者 坂井宏先
編集 門田奈穂子 佐藤友紀子 長谷川慶多
発行所 株式会社ポプラ社
〒160-8565 東京都新宿区大京町 22-1
振替 00140-3-149271
電話 （営業） 03-3357-2212 （編集）03-3357-2216
（お客様相談室） 0120-666-553
FAX （ご注文） 03-3359-2359
ホームページ http://www.poplar.co.jp
印刷 瞬報社写真印刷株式会社
製本 島田製本株式会社
Designed by 濱田悦裕

ISBN978-4-591-13226-5 N.D.C.913/245p/19cm Printed in Japan
落丁本、乱丁本は送料小社負担でお取り替えいたします。
ご面倒でも小社お客様相談室宛にご連絡ください。
受付時間は月～金曜日、9:00 ～ 17:00（ただし祝祭日はのぞく）

読者の皆様からのお便りをお待ちしております。
いただいたお便りは、編集局から著者にお渡しいたします。

NOVELS' EXPRESS ノベルズ・エクスプレス

心の奥にまっすぐとどく、物語の特急便《エクスプレス》

ナニワのMANZAIプリンセス

荒井寛子・作　中島みなみ・絵

漫才師の両親がイヤになって東京に家出してきたのに、芸人志望のヘンな男子につきまとわれて……。

第１回ポプラズッコケ文学賞入選作。

ぼくがバイオリンを弾く理由《わけ》

西村すぐり・作　スカイエマ・絵

バイオリンをやめる決意をしたカイトだったが、１枚の楽譜と出会ったことから、運命が大きくうごきだす——。

第１回ポプラズッコケ文学賞入選作。

時間割のむこうがわ

小浜ユリ・作　杉田比呂美・絵

死んだ友だちの幽霊が見える男の子。学校では口をきかず、ネコとしゃべる女の子。子どもの繊細な心の物語。

第２回ポプラズッコケ文学賞優秀賞受賞作。

ヘンダワネのタネの物語

新藤悦子・作　丹地陽子・絵

イラン人のアリと、「ヘンな女子」といわれる直。ヘンダワネのタネがふたりを結びつけて……。

狛犬の佐助 迷子の巻

伊藤　遊・作　岡本　順・絵

明野神社の狛犬の「あ」と「うん」には彫った石工の魂が宿っていた！　心躍るファンタジー。

以下、続々刊行予定！